Akte Röhninger

Günther Tabery

Bibliografische Information der Deutschen Nationalbibliothek:

Die Deutsche Nationalbibliothek verzeichnet diese Publikation in der Deutschen Nationalbibliografie; detaillierte bibliografische Daten sind im Internet über: http://dnb.dnb.de abrufbar.

Herstellung und Verlag:

BoD – Books on Demand, Norderstedt

ISBN: 978-3-7557-9508-7

Aurelia schüttelte energisch den Kopf. Das Auto vor ihr fuhr mit 120 km/h auf dem linken Fahrstreifen der Autobahn. „Noch nichts vom Rechtsfahrgebot gehört?!", schimpfte sie lautstark, während sie die Hupe betätigte. Ruckartig wechselte der Wagen vor ihr die Spur. Aurelia beschleunigte. Im Vorbeifahren warf sie dem Fahrer einen abschätzigen Blick zu. „Alter Greis!", stieß sie aus. Im nächsten Moment zog ein Kleinwagen auf die Überholspur und sie musste wieder abbremsen. "Das kann doch nicht wahr sein!", zischte sie verärgert. Sie schlug auf das Lenkrad ihres Porsche Boxsters. Die Autobahn in Richtung Bruchsal war sehr überfüllt. Aurelia kam nicht wie gewünscht voran. Sie hasste es, sich einreihen zu müssen. Es entsprach nicht ihrem freigeistigen Charakter. Missgestimmt wählte sie eine Nummer auf ihrem Handy.

„Ja?", hörte sie eine sonore männliche Stimme durch die Freisprechanlage.

„Ich bin´s."

„Bist du schon angekommen?"

„Nein, es dauert länger als gedacht. Lauter Schnecken unterwegs heute."

„Wann fängt die Beerdigung an?"

„Um 14 Uhr. Man muss aber schon früher da sein. Die Familie soll sich gemeinsam im Elternhaus treffen. Ich weiß auch nicht, warum. Mutter will das so. Dann sitzen wir nur stumm herum und haben uns nichts zu sagen. Das ist immer so, wenn die Familie zusammenkommt. Ich hasse das. Diese langweiligen Kleingeister allesamt." Sie wechselte das Thema: „Aber deswegen rufe ich dich nicht an. Der Verhandlungstermin ist auf nächste Woche verschoben worden. Wir haben also noch sechs Tage Zeit. Bis dahin müssen wir alles dafür tun, dass dieser Anselm Pittser schuldig gesprochen wird. Alle Indizien sprechen gegen ihn. Ich schwöre dir, er hat seinen Geschäftskollegen erschlagen. Einzig diese Vera Fresig behauptet, dass sie ihn zur Tatzeit zu Hause gesehen haben will. Sie ist der Knackpunkt. Schenkt man ihr Glauben, wird er nicht verurteilt werden. Was heißt das für uns? Wir müssen alles daransetzen, diese Vera Fresig zu diskreditieren. Ihre Aussage muss unglaubwürdig erscheinen. Da kommst du ins Spiel: Du musst irgendwas ausgraben, das wir gegen sie verwenden können. Irgendetwas aus ihrer Vergangenheit. Durchwühle ihren Müll, verfolge sie auf Schritt und Tritt, öffne ihre Post. Egal was, du musst etwas finden. Ich will den Pittser weggesperrt wissen. Ist das klar?"

„Ok, ich werde mich auf die Suche machen."

„Enttäusche mich nicht!"

„Ich werde mein Bestes geben." Nach einer kurzen Pause fragte er: „Und wie geht es dir wegen der Beerdigung?"

Aurelia stutzte: „Wie soll es mir gehen? Vater war alt. Einmal musste er sterben. Also, an die Arbeit, Henning! Ich will Ergebnisse sehen!" Sie beendete das Gespräch. Anschließend zog sie auf die rechte Spur, verließ die Autobahn und folgte der Beschilderung in Richtung Bruchsal.

`Fleisch ist sehr gesund. Man sollte jeden Tag mehrmals Fleisch essen, wenn man sich ausgewogen ernähren möchte. Besonders wenn man trainiert und viele Muskeln haben möchte, ist Fleisch unverzichtbar. Vegetarier dagegen haben oft Mangelerscheinungen. Ihnen fehlt häufig das wichtige Vitamin C.´ Wilhelm hielt kopfschüttelnd die Hand vor den Mund. Ihm fehlten die Worte. Er las sich den Satz noch einmal durch. Entsetzt unterstrich er das Wort `Vegetarier´ und `Vitamin C´. Er korrigierte das Wort und ersetzte das `C´ durch `B12´. Offenbar war dem Jungen Kevin über gesunde Ernährung nur wenig im Gedächtnis geblieben. Die Erörterung zum Thema: `Wie gesund ist übermäßiger Fleischkonsum?´ schien für manche Schüler eine schier unmögliche Aufgabe gewesen zu sein. Nach Beendigung der Korrektur schrieb er die entsprechende Note darunter und schloss das Heft. Die Arbeit war getan. Vor ihm lagen 31 Hefte, die er am Montag seinen Schülern zurückgeben wollte. Er blickte auf die Uhr. Es war elf. Wie erstarrt blieb er einen Moment sitzen und schaute auf ein Foto, das neben ihm auf seinem Schreibtisch lag. Er hatte es aus seinem Elternhaus mitgenommen, kurz nachdem sein Vater gestorben war. Darauf waren er und sein Vater abgebildet. Es war eines der letzten gemeinsamen Zusammentreffen gewesen. Sie hatten den dritten Advent gefeiert. Wer hätte gedacht, dass sein Vater bald darauf an einem Herzinfarkt sterben würde. Wilhelm lächelte leicht. Wenigstens hatte Vater noch ein schönes Weihnachtsfest und Silvester verbracht. Das versöhnte ihn.

Die lieben Gedanken an ihn wurden durch ein Gefühl der Bitterkeit und einer gewissen Schuld überlagert. Er hatte immer das Gefühl gehabt, seinen Vater enttäuscht zu haben. Dieser hätte es zeitlebens gerne gesehen, wenn er das Familienunternehmen übernommen hätte. Es war sein größter Wunsch gewesen, den er ihm nicht erfüllt hatte. Vollkommen uninteressant fand Wilhelm die Vorstellung, als Geschäftsführer eines Unternehmens tätig zu sein. Er wollte immer mit Menschen arbeiten, eine sinnstiftende Aufgabe erfüllen und nicht nur nach Gewinnoptimierung streben. Er hoffte so sehr, dass sein Vater dennoch stolz auf ihn gewesen war. Schließlich hatte Vater ja seinem Bruder Bertram die Geschäftsführung übertragen und dem Unternehmen ging es sehr gut. Er schluckte. Es war schrecklich, nicht zu wissen, ob er wirklich stolz auf ihn gewesen war und ob er ihn geliebt hatte, so wie er die anderen Geschwister geliebt hatte. Aber diese Antwort konnte ihm nun niemand mehr geben.

Später würde er bei der Beerdigung die Familie wiedersehen. Gegen zwölf Uhr wollten sie sich treffen. Er stand auf und verließ das Arbeitszimmer. Nach einer halben Stunde war er fertig geduscht und angezogen. Er nahm seine Schlüssel und verließ die Wohnung.

Bertram betrachtete sich im Spiegel. Er hielt sich abwechselnd eine graue und eine schwarze Krawatte vor das steif gebügelte weiße Hemd. Hilfesuchend schaute er zu seiner Frau Gabriele hinüber, die gerade dabei war, sich zu schminken. Gabriele zog ihre Lippen in einem dunklen Rotton nach. Dann blickte sie ihn an und deutete auf die Schwarze. Er bedankte sich und begann sich die Krawatte zu binden.

„Warum müssen wir zwei geschlagene Stunden vorher dort sein?", beschwerte sich Gabriele mürrisch, während sie ihr Gesicht puderte. „Ich habe eigentlich keine Lust auf deine Familie. Was sollen wir nur die ganze Zeit dort tun? Dein Bruder Wilhelm ist stumm und dröge wie ein Fisch und Bruno und Victoria leben fernab in einer anderen Welt! Deine Mutter wird dasitzen mit verheulten Augen und die ganze Zeit schlechte Laune verbreiten."

„Lass gut sein, Gabi. Kannst du mal?" Er bat sie, für ihn die Krawatte zu binden. Sie stand auf und im Handumdrehen saß die Krawatte fest um seinen Hals. „Nur Aurelia ist die einzige, mit der man reden kann", fuhr sie fort. „Sie steht fest im Leben und hat immer etwas Interessantes zum Gespräch beizutragen. Es ist furchtbar. Ich hasse diese Familientreffen …"

„Bitte!", unterbrach er sie. „Mein Vater ist gestorben. Ein bisschen mehr Mitgefühl!"

„Na ja, ich bin mal gespannt, was nun mit der Firma passieren wird?" Sie schaute ihm in die Augen. „Du solltest sie erben. Du bist ja ohnehin schon der Geschäftsführer. Kein anderer könnte sie leiten. Seit deiner Übernahme der Geschäftsführung kamen 14 Filialen im süddeutschen Raum hinzu. Der Drogeriemarkt `Röhninger´ ist nun weit über die Grenzen des Landkreises Karlsruhe bekannt. Dank dir!

Schon aus Dankbarkeit solltest du die Firma erben. Du allein."

„Wir werden sehen, Gabi."

„Du solltest gleich deine Mutter danach fragen, bevor es ein anderer tut und dir einen Teil des Vermögens vor der Nase wegschnappt." Sie strich ihm über den schwarzen Anzug und blickte ihn im Spiegel an. „Dank dir gab es eine enorme Wertsteigerung!"

„Ich werde das Thema nicht gerade heute ansprechen. Nicht am Tag der Beerdigung meines Vaters!"

„Bitte, tu doch was du willst! Aber wundere dich nicht: Sie sind scharf auf das viele Geld. Bruno, das Lieblingskind deiner Mutter. Dieser weltfremde Möchtegernschauspieler mit seiner puppengleichen Hupfdohle Victoria hat ohnehin schon die letzten Jahre einen ganzen Haufen Geld abkassiert. Ich weiß das, denn ich habe einmal mitbekommen, wie er deine Mutter um Geld bat. Sie gab ihm 10 000 Euro in bar. Das wird nicht das einzige Mal gewesen sein."

„Gabi!"

Sie hob die Hände abwehrend in die Höhe. „Ich sage nichts! Es ist deine Sache und deine Familie. Du kannst machen was du willst." Nach einer Pause fügte sie

11

hinzu: „Aber komm danach nicht zu mir und sage, ich hätte dich nicht gewarnt."

Er blickte sie schlecht gelaunt an und verließ das Schlafzimmer. Gabriele lief hinterher und rief in den oberen Stock: „Felicia, wir gehen jetzt! Gegen 17 Uhr werden wir wieder zurück sein!"

Sie hörten aus dem oberen Stock zustimmende Worte. Anschließend verließen sie das Haus und stiegen in ihren Mercedes ein.

Bruno lag auf der Couch. Er war so vertieft in sein Manuskript, dass er nicht bemerkte, wie Victoria das Wohnzimmer betrat. Sie blieb einen Moment in der Tür stehen und blickte ihn an. Ab und an lächelte er oder machte zustimmende Geräusche, während er las. Als er eine Seite umblätterte, sah er auf und entdeckte sie. Ihr ernstes Gesicht irritierte ihn. Dann aber veränderte sich ihr Ausdruck. Sie kam lächelnd zu ihm hinüber und setzte sich zu ihm auf die Couch. Auf die Frage, was ihn so fesseln würde, erklärte er, dass er ein Angebot vom Zimmertheater Karlsruhe erhalten habe für eine tolle Rolle in einem wunderbaren Stück von Agatha Christie. `Zeugin der Anklage´ hieß es. Victoria nickte, denn sie kannte dessen Verfilmung mit Marlene Dietrich.

„Die Rolle ist toll und komplex. Auf so eine Chance warte ich schon so lange! Da kann ich ganz viele Facetten von mir zeigen. Victoria, ich bin so froh, dass ich endlich wieder arbeiten darf! Die Proben werden ab Februar beginnen und es sind 25 Aufführungen geplant. Ich bin so aufgeregt!" Bruno war Schauspieler aus Leidenschaft. Für den Sprung auf die ganz große Bühne hatte seine Begabung jedoch nicht gereicht. Er spielte oft unbedeutende Rollen in kleinen Häusern oder freien Theatern. In der letzten Zeit blieben die Spielmöglichkeiten gänzlich aus. Er hatte zwar regelmäßig Vorsprechen gehabt, jedoch wurden die Hoffnungen meist durch Absagen zunichte gemacht. Dieses Mal jedoch nicht. Er bekam eine Chance und würde alles daransetzen zu zeigen, welche Ausdruckskraft in ihm steckte.

Victoria lächelte. Sie verstand sein überschwängliches Gefühl. Es waren schwierige Monate gewesen, in denen er praktisch nichts verdient hatte. Er veränderte sich in der letzten Zeit zusehends, war oft melancholisch, fast schon depressiv geworden. Wieder arbeiten zu können, sich künstlerisch auszudrücken, war für Brunos Lebensgefühl essentiell.

Vor einigen Jahren hatte Victoria aus gesundheitlichen Gründen ihre vielversprechende Karriere als Balletttänzerin aufgegeben und ein Tanzstudio in

Bruchsal gegründet. Sie war die Konstante in ihrer Partnerschaft und hatte Bruno und sich in den letzten Jahren mit ihrem Studio finanziell über Wasser gehalten. Von ihr abhängig zu sein, war für Bruno schwierig zu akzeptieren.

Er legte das Textbuch zur Seite und schaute sie traurig an. Dabei dachte er an die Beerdigung, zu der sie bald aufbrechen mussten. Victoria verstand sofort. Sie sagte nichts. Stumm saßen sie sich gegenüber.

Er hatte immer ein gutes Verhältnis zu seinem Vater gehabt. Auch Mutter war ihm immer sehr zugetan. Sie hatten ihn immer unterstützt und waren stolz auf ihn, wenn er auf der Bühne stand. Dass er nicht berühmt und wenig erfolgreich war, hatte ihnen nichts ausgemacht. Sie verstanden seinen Willen, seine Leidenschaft und dass Schauspieler zu sein für ihn die einzig wahre Lebensart war.

Was nun mit Mutter geschehen würde, das wusste er nicht. Sie war 82 Jahre alt und stets zurückhaltend gewesen. In allen Lebensbereichen hatte Vater das Sagen gehabt und sie stand ihm zuliebe zurück. Er hoffte, dass sie den Alltag nun auch ohne ihn bewältigen konnte.

Vor einigen Monaten hatten seine Eltern vorsorglich eine junge Frau namens Maria eingestellt, die im

Haushalt half und pflegerische Aufgaben übernehmen konnte. Wie vorausschauend war das gewesen und wie wichtig war sie nun für seine Mutter. Bruno mochte sie sehr. Sie war integer und eine wunderbare Hilfe.

„Wir müssen bald los", flüsterte Victoria.

Bruno blickte auf und antwortete: „Ja, du hast Recht. Ich werde mich gleich umziehen." Im Hinausgehen fragte er: „Hast du heute nach der Beerdigung noch etwas vor?"

Victoria nickte und erzählte von einer neuen Choreografie für den morgigen Kurs, die sie noch verfeinern wollte.

„Dann werde ich bei Mutter bleiben. Sie braucht bestimmt jemanden an ihrer Seite, der ihr Trost spendet." Er verließ das Wohnzimmer und ging ins Schlafzimmer, um sich für die Beerdigung umzuziehen.

Eine Dreiviertelstunde später verließen beide ihre Stadtwohnung. Mit dem Auto fuhren sie in das Bruchsaler Wohngebiet Silberhölle, in dem sich sein Elternhaus am Ende einer Sackgasse befand. Dort angekommen sah Bruno in der großzügigen Einfahrt die Autos seiner Geschwister stehen. Alle waren schon da. Er und Victoria parkten den Wagen auf der Straße. Sie liefen durch das geöffnete Tor zur Eingangstür. Im Vorübergehen berührte er die protzigen Autos seiner

Geschwister und schüttelte dabei leicht den Kopf. Es war für ihn unverständlich, so viel Geld für Status auszugeben. Für ihn war ein Auto ein Fortbewegungsmittel, das funktionieren musste. Für sie sollte das Auto offenbar zeigen, wie wohlhabend sie waren. Victoria bemerkte Brunos Unverständnis. Sie dachte zwar ähnlich wie er, dennoch gefielen ihr die schnittigen Autos gut.

Wenige Augenblicke nachdem sie die Klingel betätigt hatten, öffnete die Haushälterin Maria. Bruno lächelte sie freundlich an und schritt voran in die Halle des Hauses. „Hallo Maria, schön dich zu sehen."

Diese nickte leicht und bedankte sich mit einer hellen, jungen Stimme. Maria nahm ihnen die Mäntel ab.

„Wo sind sie denn alle?", wollte Bruno wissen.

„Die Familie ist im Wohnzimmer. Ich habe kleine Häppchen, Kaffee und Tee gerichtet. Ihre Mutter ist noch im Ankleidezimmer im oberen Stock."

Bruno nickte. Er schaute Victoria an, atmete einmal tief durch und öffnete die Tür zum Wohnzimmer.

Aurelia blickte auf, als Bruno und Victoria ins Zimmer traten. Sie hatte eine Tasse in der Hand, aus der sie gerade einen Schluck Kaffee trank. Bertram und Gabriele saßen stumm auf der Couch. Sie schwiegen und schauten betreten vor sich hin. Einzig Wilhelm begrüßte die beiden mit einem verhaltenen: „Hallo".

Victoria setzte sich in einen Sessel und Bruno sagte leise: „Hallo. Schön euch alle hier wiederzusehen, auch wenn es heute ein trauriger Anlass ist." Die Geschwister sahen sich an. Außer einem zurückhaltenden „Ja" von Wilhelm, gab es von den anderen keine Zustimmung zu seiner Bemerkung. Er setzte sich und eine unangenehme Stille machte sich breit.

„Wann kommt Mutter?", fragte Bruno in das Schweigen.

„Das wissen wir nicht", sagte Bertram angespannt. „Sie zieht sich wohl gerade noch um."

Wieder wurde es still. Bruno war dieses Warten sehr unangenehm. Er versuchte erneut ein Gespräch in Gang zu bringen: „Aurelia, wie läuft es in der Staatsanwaltschaft?"

„Ach, lass gut sein", winkte Aurelia ab und stellte die Tasse auf ein Beistelltischchen. „Du hast dich doch nie für meine Arbeit interessiert. Da brauchen wir heute nicht damit anfangen."

Gabriele grunzte und sah dabei Bertram an.

„Entschuldige bitte", meinte Bruno. Nach einer unangenehmen Pause fügte er hinzu: „Weißt du, ich

17

werde die Rolle eines Angeklagten spielen. Das Stück spielt in einem Gerichtssaal. Da wollte ich fragen, ob ich einmal bei dir zuschauen darf, wenn du wieder in einen Prozess involviert bist." Aurelia schaute ihm in die Augen, sagte aber nichts darauf.

„Du hast ein Angebot erhalten?", fragte Bertram abfällig.

„Ja, in der Tat", bekräftigte Bruno.

„Sag bloß. Wo denn?"

„Im Zimmertheater Karlsruhe."

„Ah, tatsächlich? Ist das endlich mal ein richtiges Theater? Bei dem du auch was verdienst? Oder musst du selbst was drauflegen, damit du dort spielen darfst?"

Gabriele grinste belustigt über Bertrams ironische Bemerkung.

„Bitte, Bertram", mischte sich jetzt Victoria ein. „Mach dich nicht lustig über ihn! Bruno, sag was! Lass dir das nicht bieten, das hast du nicht nötig!"

„Ich brauche mich nicht zu rechtfertigen. Vor keinem von euch", bekräftigte Bruno.

„Doch, es geht uns was an, ob du einen Job hast und dein eigenes Geld verdienst. Wenn es unser Geld ist, von dem du für gewöhnlich lebst!", warf nun Gabriele in einem scharfen Ton ein.

Bruno schaute sie entgeistert an.

„Was heißt hier euer Geld, von dem ich für gewöhnlich lebe?", hakte er nach.

„Du hast regelmäßig von Vater und Mutter Geld bekommen, weil du seit Jahren unfähig bist auf eigenen Beinen zu stehen. So schaut es nämlich aus!"

„Das ist doch nicht wahr!"

„Mutter und Vater haben ihm Geld gegeben?", fragte nun auch Aurelia.

„In der Tat, regelmäßig", triumphierte Gabriele. „Ich habe es gesehen, wie er das Geld einsteckte."

„Ich habe auch einmal etwas bekommen", versuchte Wilhelm die Situation zu beruhigen. „Das ist doch nicht der Rede wert."

„Das ist nicht das Gleiche", bekräftigte Bertram den Vorwurf seiner Frau. „Es handelt sich dabei um mehrere tausend Euro. Unsere Eltern haben ihm Unterhalt gegeben, unserem Herrn Künstler."

„Ja und? Hat es euch denn geschadet?", fragte Bruno in gereiztem Ton. „Ihr seid doch nur neidisch! Vater und Mutter wussten, wie schwierig es ist, als Schauspieler

Geld zu verdienen. Sie wollten, dass ich glücklich bin, nur deshalb halfen sie mir ab und an, wenn ich es nötig hatte. Ihr habt doch wohl genug davon!"

„Hart erarbeitet", bestätigte Gabriele.

„Was mischst du dich da eigentlich ein, Gabriele? Dein Geld ist es ja wohl nicht. Oder was trägst du als Hausfrau zu eurem Reichtum bei?"

Gabriele konnte darauf nichts sagen. Sie war nicht schlagfertig genug, um auf diese Bemerkung zu reagieren.

„Jedenfalls wird das mit der monatlichen Zuwendung ja wohl jetzt aufhören", stellte Bertram fest. „Wenn ich die Firma erbe, dann bekommst du von mir keinen Cent mehr." Damit brach er seinen Vorsatz, nicht am Tag der Beerdigung über das Thema Erbschaft zu sprechen.

„Was heißt hier, wenn du die Firma erbst?", wollte Aurelia wissen.

„Nun ja, ich bin der Geschäftsführer und der älteste Sohn. Ihr habt ja wohl keine Ahnung von dem Geschäft. Natürlich werde ich sie erben. Das ist die einzig plausible Möglichkeit nach Vaters Tod."

„Das denke ich aber nicht. Wir werden alle Inhaber zu gleichen Teilen. Nur so ist das gerecht", urteilte Aurelia.

„Was sonst sollten wir anderen erben, wenn nicht die Firma?"

„Bargeld."

„Das ist kein Vergleich zu dem Wert der Firma. Das wirst du doch am besten wissen."

„Du wirst uns auszahlen müssen, wenn du die Firma alleine übernimmst", warf Wilhelm ein. „Das wirst du nicht können."

„Wir werden sehen. Mutter wird es euch später erklären, wie sich das mit dem Erbe verhält", beendete Bertram das Streitgespräch. „Und hiermit ist die Diskussion beendet."

Aurelia schüttelte energisch den Kopf. Sie stand auf und schaute aus dem Fenster. Es war unfassbar, wie egoistisch Bertram war. Das war der schlechte Einfluss seiner Frau Gabriele, mutmaßte sie. Früher war er noch nicht so geldgierig gewesen.

Die Stimmung war auf dem Nullpunkt. Bruno beschäftigte die Missgunst und Selbstgefälligkeit seiner Geschwister. Er fühlte sich fremd und unverstanden.

Die Zeit verrann nur langsam. Die Geschwister saßen sich stumm gegenüber. Keiner verspürte den Impuls, erneut ein Gespräch anzufangen. Sie waren sich gleichgültig. Aurelia starrte aus dem Fenster, Bertram und Gabriele saßen mit verschränkten Armen auf der Couch, Wilhelm schrieb etwas in ein Notizbuch, Bruno murmelte Textfetzen aus dem neuen Theaterstück vor sich hin und Victoria saß mit geschlossenen Augen da.

Die Tür öffnete sich und Maria führte Herta, die Mutter, am Arm ins Zimmer. Sie hatte tränennasse Augen, die sie sich mit einem Taschentuch abtupfte.

„Ich danke dir, mein liebes Kind", wandte sie sich an Maria. „In einer halben Stunde werden wir aufbrechen. Richte mir dann bitte meinen Mantel, die Handschuhe und meinen schwarzen Hut. Arnold soll dann bitte mit dem Wagen bereitstehen."

„Ich werde ihm Bescheid geben." Dann drehte sie sich um und schloss die Tür von außen.

„Meine lieben Kinder, heute ist ein schwerer Tag. Gemeinsam werden wir ihn überstehen können. Der Halt in der Familie ist das Wichtigste im Leben." Sie streckte ihren Kindern die Hände entgegen. Bertram, Wilhelm und Bruno standen sogleich auf und scharten sich um sie. Aurelia blieb sitzen. Sie fand das Gehabe ihrer Mutter unmöglich. Gabriele stellte sich hinter ihren Mann und Victoria schaute sich das Familienbild aus der Entfernung an. Bruno und sie waren nicht verheiratet, somit gehörte sie nicht richtig zur Familie.

Aurelia zerstörte jäh das Familienglück mit der unpassenden Frage nach dem Familienerbe: „Sag mir Mutter, ist es wahr, dass Bertram nach Vaters Tod allein die gesamte Firma erben wird und wir anderen alle leer ausgehen?"

Die Umarmung endete abrupt. Alle drehten sich ruckartig Aurelia entgegen.

„Wie kannst du das jetzt fragen?", flüsterte Wilhelm scharf.

„Wo Vater noch nicht einmal unter der Erde ist?", setzte Bruno nach.

Bertram schaute in Hertas versteinertes Gesicht. Er fragte langsam: „Mutter, ist es nun wahr oder nicht?"

Herta zeigte ein leises Lächeln. Sie wich einen Schritt zurück und setzte sich auf einen Stuhl. Majestätisch wartete sie, bis sich die anderen auch wieder hingesetzt hatten. „Dies ist also die wichtige Frage, die euch am Tag der Beerdigung eures Vaters umtreibt? Kein Mitgefühl, keine Trauer um den Verlust eures Vaters? Nun, ich fürchte, ich muss euch enttäuschen. Vater und ich haben schon vor Jahren ein Testament gemacht. Es sieht folgendermaßen aus: Wenn ein Ehepartner stirbt, erbt zuerst alles der überlebende Ehepartner. Die Kinder und Enkelkinder erhalten zunächst nichts. Erst nach dem Tod des zweiten Ehepartners wird die Firma, das Haus und das Vermögen zu gleichen Teilen an die Nachkommen vererbt. Sollte einer von euch vorzeitig sein Erbe beanspruchen, dann werde ich mein Testament ändern und denjenigen enterben. Meine Lieben, so sieht die Wahrheit aus und nicht anders. Es tut mir leid, Bertram, wenn es nicht das ist, was du erwartet hast."

„Du bist also künftig die alleinige Inhaberin?"

„Und du der Geschäftsführer, mein Lieber. So wie es die ganze Zeit schon war."

Bertram senkte den Blick. Gabriele schaute verbittert drein. Aurelia lachte in sich hinein. Sie freute es, wie Bertram sich ärgerte. Er konnte offenbar nicht genug Reichtum haben. Sie wusste, dass gegen das Testament nichts einzuwenden war. Es hieß nun, abzuwarten und Geduld zu haben. Wenn nicht jetzt, dann später, so dachte sie. Dann würde sie ihren Teil bekommen.

Herta stand auf. „Ich hoffe, eure Fragen sind nun geklärt. Lasst uns jetzt gehen und von eurem Vater Abschied nehmen." Bruno öffnete die Tür. Draußen stand schon Maria mit Mantel, Hut und Handschuhen bereit. Die Kinder liefen hinter ihr. Draußen vor der Tür wartete Arnold, der Chauffeur der Familie. Er hielt die hintere Tür des Audis auf und half Herta beim Einsteigen. Nachdem alle in ihren Autos saßen, machten sie sich auf den Weg zum Bruchsaler Friedhof.

2

Nach der Beisetzung und dem anschließenden Leichenschmaus wurde Herta von ihren Kindern nach Hause begleitet. Victoria verabschiedete sich bereits vor dem Haus, denn sie wollte wie angekündigt in ihr Ballettstudio gehen, um weiter an einer Choreografie zu arbeiten. Herta bot an, dass Victoria von ihrem Chauffeur Arnold dorthin gefahren werden könne, doch Victoria lehnte ab. Sie wolle lieber in die Innenstadt laufen. Die frische kühle Luft täte ihr jetzt gerade gut. Nach einer kurzen und distanzierten Verabschiedung betrat die Familie das Haus. Sie legten ihre Mäntel an der Garderobe ab und betraten das Wohnzimmer. Gabriele zog Bertram beiseite. Sie flüsterte ihm eindringlich ins Ohr: „Bertram, du musst unbedingt mit deiner Mutter sprechen und dich entschuldigen! Die Frage nach dem Erbe heute vor der Beerdigung hat uns in kein gutes Licht gerückt. Sie wird glauben, dass es uns nur ums Geld geht. Du musst klarstellen, dass du mit allem zufrieden bist und nur das Beste für sie willst!"

Bertram nickte. Ihm war klar, dass sein Verhalten eher kontraproduktiv gewesen war. Er würde Mutter später ansprechen und es richtigstellen.

Maria kam mit einem großen Tablett ins Zimmer. Sie hatte vorsorglich Tee und belegte Brötchen gerichtet. Die Familie bediente sich dankbar, denn nach dem Kuchen und Gebäck beim Leichenschmaus waren herzhafte Brötchen nun genau das Richtige.

„Maria, du bist ein Schatz!", lächelte Herta.

Maria bedankte sich und verließ den Raum.

Aurelia setzte sich neben Bruno. Wider Erwarten sprach sie ihn freundlich gestimmt an: „Na, du Schauspieler? Willst du bei mir für deine neue Rolle hospitieren?"

„Das ist richtig, wenn es passt?"

„Nächsten Freitag ist der letzte Verhandlungstag in einem interessanten Mordfall im Schwurgericht des Landgerichts Karlsruhe. Dort kannst du zuschauen kommen. Ich werde ein großes Finale hinlegen. Kannst was von mir lernen."

„Worum geht es denn bei dem Prozess?"

„Wie gesagt, um Mord. Ein Mann hat seinen Geschäftskollegen mit einem Hammer erschlagen. Es gibt eine Zeugin, die ihn zur Tatzeit zu Hause gesehen haben will. Ich werde beweisen, dass sie lügt."

„Wie willst du das anstellen?"

„Lass das mal meine Sorge sein, kleiner Bruder. Um 10 Uhr ist die Verhandlung angesetzt. Raum 1.1.7."

„Ich werde da sein", bestätigte Bruno.

Daraufhin verabschiedete sich Aurelia. Sie hatte noch eine Menge zu erledigen. Sie umarmte ihre Mutter. Bertram und Gabriele reichten ihr förmlich die Hand zum Abschied, die sie jedoch triumphierend nicht annahm. Wilhelm blieb sitzen und nickte ihr zaghaft zu.

Herta seufzte in die Stille. Sie blickte ihre Kinder traurig an. Es war schwierig, ein passendes Gesprächsthema zu finden, dachte sie. Sie schaute von einem zum anderen. Dann ruhte ihr Blick auf Wilhelm, der mit gebeugter Haltung auf seinem Stuhl saß und an einem der Brötchen kaute. Auf die Frage, wie es denn in der Schule gehen würde, antwortete Wilhelm: „Ja, mir geht es gut, Mutter. Die meiste Zeit jedenfalls. Die Realschule von heute ist nicht mehr das, was sie einmal war. Wir haben zunehmend Schüler und Schülerinnen, die nicht auf unsere Schule gehören und nicht bereit sind, etwas von uns Lehrern anzunehmen. Das Konzept Realschule passt einfach nicht mehr und die Kinder haben sich total verändert. Wir erreichen sie nicht mehr. Das ist unfassbar! Wir stehen da und füllen die Schüler mit kognitivem Wissen, das total an deren Lebenswelt vorbeigeht. Aber was kann man nur tun? Was kann man tun?" Er schaute alle fragend an. Keiner hatte eine

Antwort parat. Dann, nach einer Pause sprach er mit zunehmender Begeisterung weiter: „Wisst ihr was? Mein Traum wäre es, eine eigene Schule zu gründen. Mit einem eigenen, neuen und modernen pädagogischen Konzept. Eine Schule, in der selbstbestimmtes Lernen im Vordergrund steht und die Schüler an interessanten Projekten arbeiten könnten. Warum braucht man diese alberne Aufteilung in die einzelnen Fächer und Schulnoten? Sie müssten ganzheitlich lernen! Und verbunden sein mit der Natur! Lernen im Wald und Baumhäuser bauen oder Staudämme. Am Computer eigene Programme erfinden! Ach, da gibt es so viele tolle Ideen!"

„Das klingt interessant, wie ich finde.", bemerkte Herta. „Was hindert dich daran, eine eigene Schule zu gründen? Du glaubst ja genau zu wissen, was den Kindern von heute zu fehlen scheint."

Er schaute sie eindringlich an: „Ja, da braucht man Mitstreiter, die genauso denken wie ich, und Räume und ein Konzept, Material und Kapital oder zumindest viele Sponsoren … Ach, das würde ich niemals schaffen." Wilhelms aufkeimende Begeisterung war plötzlich wieder verflogen.

Bis kurz vor Schluss seiner Rede hatte Wilhelm einen Willen, einen klaren Gedanken gehabt, den Herta so von ihm bisher nicht kannte. Sie freute sich für ihn.

Vielleicht würde er eines Tages aus seinem Fahrwasser ausbrechen und etwas Neues wagen können?

Bertram ergriff nun das Wort. Er schaute seine Mutter eindringlich und so unschuldig wie er nur konnte an: „Liebe Mutter, verzeih' bitte, was ich vorhin gesagt habe über die Firma und das Testament."

Herta hob die Brauen.

„Ich mache mir einfach nur Sorgen, verstehst du? Sorgen, dass du dich übernehmen könntest."

Gabriele pflichtete ihm bei.

„Nur deswegen hatte ich daran gedacht, dass ich die Firma überschrieben bekommen könnte. Damit du frei bist und dir keine Gedanken mehr über das Geschäft machen musst."

Herta blickte ihn und Gabriele verständnislos an: „Wer sagt denn, dass es eine Belastung ist, derer ich nicht gewachsen bin?"

„Nun, Mutter, du bist ja schon 82 Jahre alt."

„Ich bin ganz Herr meiner Sinne. Danke für euer Vertrauen! Ist dir nie in den Sinn gekommen, dass ich sehr wohl weiß, wie man die Firma zu führen hat? Auf was es ankommt, welche Dinge ich tun muss? Ich habe sehr gut achtgegeben und alles mit deinem Vater besprochen, bevor du es in den Meetings überhaupt mitgeteilt bekommen hast."

„Ja … sicher." Bertram traute seinen Ohren nicht.

„Hinter jedem erfolgreichen Mann steht eine starke Frau." Sie schaute ihn herausfordernd an. „Bedenke gut, was du jetzt sagst."

Nach einer Pause fügte sie hinzu: „Ich werde Entscheidungen treffen und bei allem Mitspracherecht haben, das ist ganz klar. Ich möchte, dass du alles, was die Firma betrifft, in Zukunft zuvor mit mir besprichst."

Bertram saß mit geöffnetem Mund da. Dies waren ungewohnte Worte ihrer einst zurückhaltenden Mutter. Brunos Sorgen, was wohl nach Vaters Tod aus Mutter werden würde, waren wie weggeblasen.

„Ja, wir sollten uns alle an dir ein Beispiel nehmen, Mutter", sagte Wilhelm bewundernd. „Du weißt, wie man Vorhaben in die Tat umsetzt. Ich bin stolz auf dich."

„Ja, ja, natürlich, ich auch", stotterte Bertram. Gabriele versuchte zustimmend zu lächeln, was ihr nicht wirklich gelang.

Herta beendete zufrieden das Thema: „So. Das wäre geklärt."

Bertram wollte gerade nochmals ansetzen, da sah er, wie Gabriele stumm den Kopf schüttelte. Er senkte nachdenklich den Blick.

Stille herrschte.

Bruno lächelte seine Mutter an. Er war stolz auf sie. Sie würde die Zügel fest in den Händen halten und Bertram hätte keinen eigenen Spielraum für Entscheidungen. Sie erwiderte seine Zuneigung ebenso mit einem Lächeln. Bruno war ganz anders als seine Geschwister. Er war feinfühlig und voller Leidenschaft und Tatendrang. Sie freute sich, dass er nun in einem Theaterstück spielen würde und ihn das glücklich machte.

Herta liebte alle ihre Kinder. Das war klar. Jedoch empfand sie die tiefste und engste Verbindung zu Bruno, ihrem Jüngsten, der voll und ganz in seiner Kunst aufging.

Pünktlich um Viertel vor Zehn wurde der große Gerichtssaal 1.1.7. für die Zuschauer geöffnet. Es waren um die dreißig Menschen gekommen, die den Prozess und die Urteilsverkündung verfolgen wollten. Darunter war auch Bruno, der sich in die erste Reihe setzte. Er hatte sein Notizbuch dabei, in das er neue Assoziationen zu dem Charakter hineinschreiben wollte, den er auf der Bühne verkörpern sollte. Die Realität war der beste

Ratgeber, dachte er sich. Deswegen war er froh, durch Aurelia die wunderbare Chance erhalten zu haben, hier und heute der Verhandlung beiwohnen zu dürfen. Er wollte alle Facetten des Angeklagten oder der Zeugen beobachten. Wie reagierten sie bei konkreten Vorwürfen? Wie versuchten sie sich wieder aus den Verstrickungen zu befreien? Ergriffen die Zeugen oder der Angeklagte von selbst das Wort oder antworteten sie nur, wenn sie gefragt würden? All diese Fragen und noch viele mehr wollte Bruno nach der Verhandlung beantwortet wissen.

Die Tür öffnete sich und der Angeklagte betrat im Geleitschutz zweier Polizisten den Verhandlungsraum. Er sollte an einem Tisch Platz nehmen, an den sich auch ein Mann in einem feinen Anzug setzte. Bruno nahm an, dass es sich um seinen Verteidiger handelte. Er schaute ernst drein. Auch der Angeklagte hatte einen finsteren Gesichtsausdruck.

Als nächstes betrat seine Schwester Aurelia mit einem Kollegen den Saal. Bruno beobachtete, wie der Verteidiger Aurelia professionell begrüßte. Daraufhin nahm sie auf der gegenüberliegenden Seite Platz und blätterte in ihren Unterlagen.

Pünktlich um zehn Uhr erhoben sich alle, denn die drei Richter und die beiden Schöffen betraten den Raum. Der

Richter mit dem Namen Drehner, der zentral in der Mitte stand, eröffnete offiziell die Verhandlung.

Es würde in der heutigen Sitzung eine letzte Zeugin der Verteidigung gehört werden, bevor das Urteil gefällt und anschließend verkündet werden sollte.

Richter Drehner berief die Zeugin Vera Fresig in den Zeugenstand. Diese stand auf und lief mit gebeugter Haltung zu einem kleinen Tischchen, an dem sie Platz nehmen sollte. Sie stellte ihre Handtasche ab und faltete ihre Hände. Nervös schaute sie zu den Richtern und anschließend zu dem Angeklagten hinüber. Ihre Unsicherheit war ihr anzusehen. Nach der Vereidigung gab Richter Drehner dem Verteidiger, Herrn Mehrsburger, das Wort. Dieser stand auf. Freundlich sprach er seine Zeugin an: „Ihr Name ist Vera Fresig, geboren am 16.02.1978 in Bremen. Sie sind ledig und haben keine Kinder. Sie sind nicht verwandt oder verschwägert und stehen in keiner Beziehung zu dem Angeklagten. Ist das korrekt?"

Frau Fresig bestätigte die Angaben zu ihrer Person.

„Sie haben eine Arbeitsstelle als Reinigungskraft inne. Derzeit sind Sie in der Clemens-Brentano-Realschule montags bis freitags täglich von 14 Uhr bis 18 Uhr tätig."

Wieder nickte Frau Fresig.

„Nun gut. Sie haben der Polizei und auch uns gegenüber erklärt, den wegen Mordes angeklagten Herrn Anselm Pittser am Tatabend, das war der 26. Oktober letzten Jahres, in seiner Wohnung gesehen zu haben. Er saß auf seiner Couch und schaute fern. Dies sahen Sie von Ihrem Appartement aus durch ein Fenster. Ihr Appartement liegt genau gegenüber auf der anderen Straßenseite im zweiten Stock eines Hochhauses. Ist das richtig?"

Frau Fresig bejahte mit einem zustimmenden Geräusch.

„Würden Sie uns bitte nochmals hier vor Gericht in allen Einzelheiten von dem besagten Abend berichten?"

„Ja, sehr gerne", begann sie langsam. „Ich war zu Hause und wollte mich etwas ausruhen. Ich komme für gewöhnlich gegen 18:30 Uhr von der Arbeit nach Hause, wissen Sie, da bin ich dann oft müde. Jedenfalls wollte ich mich hinlegen. Aber da hörte ich sogar durch das geschlossene Fenster meiner Küche, wie ein Nachbar namens Peters mit seinem Sportwagen angefahren kam und auf der gegenüberliegenden Straßenseite parkte. Das hatte einen schrecklichen Lärm gemacht. Verärgert über den unangenehmen Krach schaute ich aus dem Fenster."

„Und da haben Sie Ihren Nachbarn Herrn Pittser, gesehen?", fragte der Verteidiger.

„Ja richtig. Sehen Sie, sein Wohnzimmerfenster ist genau dort, wo Herr Peters seinen Sportwagen geparkt hatte. Ich habe hineingesehen. Da war er, Herr Pittser, der gerade fern schaute. Ich habe ihn eine Weile lang beobachtet."

„Wieso habe Sie das gemacht?"

„Ich weiß nicht genau, warum. Ich habe mir wohl gedacht: `Armer Herr Pittser, er ist oft alleine am Abend. Er hat vermutlich keine Freunde oder Hobbys´. Er ist wirklich sehr oft alleine und häufig habe ich ihn auch gesehen. Genau wie an diesem Abend." Sie schaute zu Anselm Pittser hinüber.

Herr Mehrsburger machte eine kurze Pause. Dann fragte er: „Wie lange haben Sie ihn beobachtet?"

„Ich bekam Hunger und machte mir dann etwas zu essen. Später sah ich, dass er immer noch dort saß. Er hatte sich praktisch nicht von der Stelle bewegt."

Herr Mehrsburger erklärte nun den Richtern: „Herr Anselm Pittser hatte auch der Polizei gegenüber erklärt, dass er den Abend über zu Hause gewesen war und wie fast jeden Abend fern geschaut hatte. Dies wurde soeben bestätigt. So gesehen kann er nicht der gesuchte Mörder sein, denn der Mord wurde, wie wir alle wissen, 25 km entfernt in einem Motel verübt. Ich plädiere dafür, meinen Mandanten von dem Verdacht des Mordes frei zu sprechen und für unschuldig zu erklären. Ich danke Ihnen, Frau Fresig." Daraufhin setzte er sich wieder an seinen Platz. Frau Fresig lächelte leicht und nickte ihm zu.

Richter Drehner bedankte sich für die klare Darstellung. Danach gab er das Wort an die Staatsanwältin Frau Aurelia Röhninger.

Diese stand auf und begann: „Frau Fresig, Sie wissen, dass Sie unter Eid stehen? Und Sie behaupten, dass es wirklich die Wahrheit ist, die Sie uns eben berichtet haben?"

Frau Fresig starrte Aurelia fest an, doch ihre Augen zuckten vor Aufregung. „Ja, das ist sie", bekräftigte sie ihre Aussage.

„Gut." Nach einer Pause setzte sie an: „Sie gehen regelmäßig zu den Anonymen Alkoholikern hier in Karlsruhe. Immer Mittwochabends, ist das richtig?"

Frau Fresig riss ihre Augen auf. Hilfesuchend schaute sie zu Herrn Mehrsburger, anschließend wieder zu Aurelia: „Woher wissen Sie das?" Ihre Stimme wurde brüchig.

„Einspruch!", hörte man die scharfe Stimme des Verteidigers. „Dieser Umstand hat nichts mit ihrer Aussage und dem Fall zu tun!"

„Ich ziehe die Frage zurück." Aurelia ging hinüber zu ihrem Tisch, wo sie aus einer Tasche eine leere Flasche zog, deren Etikett abgelöst war. „Kennen sie die Flasche? Besser gesagt, wissen Sie welches Getränk ursprünglich in ihr war?"

„Einspruch!"

Auch Richter Drehner hinterfragte Aurelias Beweismaterial: „Frau Röhninger, können Sie uns erklären, weshalb diese Flasche dienlich sein sollte in diesem Fall?"

„Herr Richter, bitte, lassen Sie mich meine Befragung fortsetzen und ich werde Ihnen beweisen, dass die Aussage von Frau Fresig für diesen Fall bedeutungslos ist."

Nach einer Pause sagte der Richter: „Bitte, fahren Sie fort."

„Gut. Ich danke Ihnen. Frau Fresig, kennen Sie nun diese Art von Flasche? Bitte antworten Sie wahrheitsgetreu, Sie stehen unter Eid!"

Frau Fresig nickte leicht.

„Bitte sagen Sie uns, welches Getränk diese normalerweise beinhaltet?"

„Es ist ein Weinbrand."

„Richtig, Sie kennen sich aus. Es ist ein Weinbrand mit 36% Alkoholgehalt. Ist dies eines Ihrer Lieblingsgetränke?"

Frau Fresig räusperte sich.

„Bitte antworten Sie mir!"

„Ich … ich trinke diesen Weinbrand gerne, ja."

„Täglich?"

Frau Fresig blickte sich hilfesuchend um. „Bitte, ich weiß nicht, was Sie von mir wollen!"

„Beantworten Sie mir meine Frage! Trinken Sie täglich diesen Weinbrand?"

Frau Fresig zögerte einen Moment, dann hauchte sie leise: „Ja, ich trinke ihn täglich. Wissen Sie, nach dem Abendessen gieße ich mir einen Schluck ein, da ist doch nichts Schlimmes dabei …"

„Bitte beantworten Sie mir nur meine Fragen. Kurz und knapp! Hatten sie in den letzten Tagen Besuch? Von Bekannten oder Freunden vielleicht? Eventuell eine Feier oder dergleichen?"

„Nein, das hatte ich nicht. Ich bekomme keinen Besuch. Ich bin immer alleine in meiner Wohnung. Ich weiß nicht, was das soll …?"

„Wie kommt es dann, dass allein letzte Woche ein halbes Dutzend dieser Flaschen von Ihnen entsorgt wurde? Man hat Sie dabei beobachtet, wie Sie sechs Ein-Liter-Flaschen leeren Weinbrands in einen Glascontainer geworfen haben. Ihre Nachbarn bestätigten uns übrigens, dass ihnen Ihr hoher Alkoholkonsum aufgefallen ist. Sie sagten aus, dass Sie abends, wenn Sie ihre Wohnung verließen, oftmals einen volltrunkenen Eindruck machten."

„Ich … ich weiß nicht, was wollen Sie damit andeuten … bitte hören Sie auf damit!"

„Ich kann Ihnen sagen, was es bedeutet: Sie haben diese sechs Ein-Liter-Flaschen Weinbrand in einer Woche alleine ausgetrunken, weil Sie alkoholabhängig sind!"

„Einspruch! Der mögliche Alkoholkonsum der Zeugin ist irrelevant und hat nichts mit dem Fall zu tun!"

„Das sehe ich ganz anders! Frau Fresig ist süchtig. Ich bezweifle, dass sie an jenem Abend im Oktober bei klarem Verstand war!"

Richter Drehner bestimmte harsch: „Frau Röhninger, mäßigen Sie sich!"

„Ich ziehe meine Mutmaßung zurück."

Herr Mehrsburger verschränkte missgestimmt die Arme vor seiner Brust. Aurelia fasste sich und setzte von

Neuem an: „Mich beschäftigt seit Wochen die Frage: `Wieso´. Wieso geben Sie Herrn Anselm Pittser, der möglicherweise ein Mörder sein könnte, ein Alibi, indem Sie behaupten, ihn gesehen zu haben?"

Frau Fresig schaute auf. Ihr Gesichtsausdruck spiegelte Angst. Immer wieder blickte sie zu dem Angeklagten hinüber.

„Sie sind schließlich die Einzige, die ihn mit Ihrem Wort entlasten könnte. Aber wieso tun Sie das? Für mich gibt es nur eine einzige Erklärung: Sie versprechen sich etwas von ihm." Sie sprach nun in einem verständnisvollen Ton weiter: „Sie sind verliebt in ihn und hoffen auf Gegenliebe."

„Einspruch!" Herr Mehrsburger stand erbost auf.

„Nein!", stieß Frau Fresig kopfschüttelnd aus, während sich ihre Hände krampfhaft am Tisch festhielten.

Aurelia ließ sich nicht abbringen: „Sie sind verliebt in ihn und hoffen, dass er Sie aus Dankbarkeit, nachdem er durch Sie freigekommen ist, in Ihre Arme schließt und Sie eine Chance auf eine Beziehung mit ihm haben!"

Richter Drehner klopfte mit seinem Hammer auf sein Pult: „Ich bitte Sie, Frau Staatsanwältin Röhninger! Mäßigen Sie sich!"

Aurelia kam ganz dicht an Frau Fresig heran. Beschwörend sprach sie: „Der ferne Angebetete, endlich würde er Sie sehen! Endlich würde er Sie erhören! Nachdem er Sie so lange nicht wahrgenommen hatte!"

Das Hämmern wurde lauter. Der Richter und der Verteidiger sprachen gleichermaßen eindringlich auf Aurelia ein.

Aurelia hörte jedoch nicht auf. Sie spürte, dass der siegreiche Moment gleich da wäre: „Endlich würde er Sie lieben! Und Sie wären glücklich! Geliebt und glücklich!" Frau Fresigs Gesicht veränderte sich. Sie begann hoffnungsvoll zu lächeln. Die Staatsanwältin verstand sie und sprach ihr aus der Seele. Aurelia schnippte jedoch mit den Fingern vor Frau Fresigs Gesicht. In einem harten Ton fuhr sie fort: „Nein, Frau Fresig! Es würde nichts dergleichen geschehen! Er würde Ihre Liebe nicht erwidern, niemals! Niemals!", wiederholte sie. „Ihre Liebe würde nicht erhört werden und Sie wären immer noch einsam und alleine!"

Frau Fresig brach in Tränen aus. Sie hielt die Hände vor ihr Gesicht und jammerte: „Doch, er würde mich lieben! Er würde mich lieben! Er muss mich lieben, nachdem ich ... !" Ihre Stimme versagte.

In gewohnt ruhigem und professionellem Ton sagte Aurelia nach einer dramatischen Pause ohne

Anteilnahme: „Keine weiteren Fragen mehr." Sie setzte sich zufrieden an ihren Platz.

Ein Murmeln unter den Zuschauern war zu hören. Richter Drehner enthob die niedergeschmetterte Zeugin vom Zeugenstand und gab an, dass das Verfahren nun beendet und die Urteilsverkündigung in eineinhalb Stunden, gegen 13 Uhr, zu erwarten sei. Die drei Richter und die Schöffen verließen den Saal.

Aurelia besprach sich gerade mit Henning, als Herr Mehrsburger an ihr vorbeilief. Als sie ihn aus den Augenwinkeln erblickte, rief sie ihm siegessicher hinterher: „Sie haben Ihre Hausaufgaben nicht gemacht!" Dieser schaute sie verärgert an und schritt aus der Tür.

Dann sah sie Bruno in der Bank sitzen und sich Notizen machen. Sie ging auf ihn zu. „Na, kleiner Bruder, war die Verhandlung hilfreich?"

„Ja, das war sie! Ich danke dir sehr. Ich hoffe nicht, dass ich eines Tages in den Zeugenstand gerufen werde und du mich auseinandernimmst! Vor dir kann man ja Angst bekommen!" Sie lachten.

„Komm, wir gehen etwas essen." Aurelia klopfte ihm auf die Schulter. Bruno hatte ebenso Hunger. Sie packte Ihre Unterlagen zusammen und verließ mit Henning und ihm das Gebäude, um in einem kleinen italienischen Restaurant die Pause zu verbringen.

Gegen 13 Uhr wurde die Urteilsverkündung eröffnet. Auf Grund der erdrückenden Indizien, die im Laufe des Verfahrens zusammengetragen worden waren und der Tatsache, dass die Richter der heutigen Zeugin keinen Glauben schenkten, wurde Anselm Pittser des Mordes für schuldig gesprochen. Er bekam eine lebenslängliche Freiheitsstrafe ohne Bewährung.

Direkt nach der Urteilsverkündung brach eine ältere Frau ohnmächtig im Gerichtssaal zusammen. Sie wurde von einem Mann mittleren Alters und einer Frau aufgefangen. „Das ist die Familie Pittser", flüsterte Aurelia Henning zu. „Seine Mutter und die Schwester mit ihrem Mann." Sofort eilte ein Zuschauer, der sich als ausgebildeter Ersthelfer zu erkennen gab, zu ihnen und kümmerte sich um die ältere Frau.

Im Hinausgehen gratulierte Herr Mehrsburger Aurelia. Dann verabschiedete er sich mit den Worten: „Bis zum nächsten Fall."

Im Gang standen nun Aurelia, Henning und Bruno zusammen, um über die Verhandlung abschließend zu sprechen, als die Familie Pittser an ihnen vorbeilief.

„Sie sind schuld, dass mein Schwager lebenslang im Gefängnis sitzen muss!" warf ihr der Mann mit düsterer

Stimme vor. „Sie haben ja keine Ahnung! Ich hoffe, Sie werden Ihres Lebens nicht mehr froh!" Dann spuckte er ihr vor die Füße. Seine Frau zog ihn weg von ihr und die Familie verließ gebeugt das Gerichtsgebäude.

3

Hauptkommissar Wolta saß um halb sieben Uhr morgens mit seiner Frau am Küchentisch. Sie hatte wie jeden Tag das Frühstück zubereitet. Er war bereits angezogen, sie noch im Morgenmantel. Gut gelaunt und mit einem Lächeln im Gesicht aß er sein Brot. Heute war ein besonderer Tag. Denn heute war der letzte Arbeitstag vor seiner Pensionierung. Er hatte seinen Beruf immer geliebt, war stets gewissenhaft mit Engagement dabei, wenn es darum ging einen Mordfall aufzuklären. Trotzdem fühlte er sich seit langem müde und ausgebrannt und es war an der Zeit, nun aufzuhören und den jungen Kollegen Platz zu machen. Seine Frau war bereits berentet und gemeinsam wollten sie die kommende Zeit in Ruhe verbringen. Reisen, ihren Garten bewirtschaften oder einfach nur viel lesen.

Mit seinen Kollegen würde er heute im Revier seinen Ausstand feiern. Dazu hatte er am Vortag schon den Sekt kaltgestellt und einen Catering-Service beauftragt.

Er glaubte auch gehört zu haben, dass sein Chef ihm zu Ehren eine Rede halten wolle.

In Vorfreude auf den kommenden Tag packte er zum letzten Mal seine Tasche, verabschiedete sich von seiner Frau und machte sich auf den Weg ins Polizeirevier Karlsruhe-West.

Dort angekommen öffnete er die Tür zu seinem Büro. Auf seinem Schreibtisch lagen kleine Präsente und Glückwunschkarten, die er neugierig öffnete und las. Um zehn Uhr sollte die offizielle Verabschiedung in der Halle stattfinden, bei der er seine Urkunde erhalten und ihm zum Ruhestand gratuliert werden würde. Bis dahin packte er die restlichen persönlichen Sachen in seine Tasche, ordnete abgelegte Akten und hoffte, dass der eine oder andere Kollege ihn zu einem Pläuschchen besuchen würde.

Da klopfte es an der Tür. Hauptkommissar Wolta stand auf und bat herein. Zu seiner Überraschung kam sein Vorgesetzter Herr Schmied mit einem jungen Kollegen herein, den er nicht kannte. Hauptkommissar Wolta schaute auf seine Uhr. Es war noch nicht an der Zeit, für die offizielle Verabschiedung abgeholt zu werden. Er fragte sich, was der Besuch zu bedeuten hatte. Herr Schmied bat ihn, einen Moment Platz zu nehmen. Die zwei Beamten setzten sich ihm gegenüber. Eine befremdliche Pause entstand. Lächelnd wartete

Hauptkommissar Wolta auf seine Ansprache. Vielleicht war der junge Kollege sein Nachfolger und er sollte ihn einweisen? Herr Schmied räusperte sich: „Lieber Herr Wolta, wir wissen, dass Sie sich sehr über Ihren kommenden und wohlverdienten Ruhestand freuen. Und es ist auch Ihr Recht, nun aus dem Dienst auszuscheiden. Dennoch haben wir eine wichtige Bitte, von der wir hoffen, dass Sie sie uns nicht ausschlagen werden."

Hauptkommissar Wolta hob den Kopf. Dies hörte sich nicht nach einer Abschiedsrede an.

„Ich möchte Ihnen unseren neuen Kollegen Herrn Schrütz vorstellen. Er ist nach seinem mit Bravour abgeschlossenen Studium erst seit einigen Tagen bei uns und soll nun ihr Nachfolger werden."

Freundlich nickte ihm Hauptkommissar Wolta zu. Dieser lächelte zurück: „Ich hoffe, ich werde dem gerecht werden. Ich habe viel von Ihnen gehört."

„Ja, genau", sprach Herr Schmied nun weiter. „Sehen Sie, Herr Wolta, gerade eben vor einer halben Stunde etwa haben wir einen neuen Mordfall hereinbekommen, den wir gerne Herrn Schrütz anvertrauen wollen. Dieser ist jedoch noch unerfahren, sowohl in seiner Profession als auch hier in Karlsruhe und Umgebung. Er studierte in Freiburg und kennt sich hier bei uns noch nicht gut aus. So komme ich zu meiner Bitte: Ich wünsche mir, dass Sie sich seiner annehmen und mit ihm gemeinsam den neuen Fall übernehmen. Ich weiß, sie müssen es nicht tun und ich habe kein Recht danach zu fragen, aber ich hoffe sehr, dass Sie ihm und uns weiterhelfen werden. Mit Ihrer Erfahrung könnten Sie ihm väterlich als Ratgeber zur Seite stehen."

Das Lächeln in Hauptkommissar Woltas Gesicht erstarrte.

„Sehen Sie, alle anderen Kollegen sind bereits in andere Fälle eingebunden. Und Sie wären mit Ihrer Erfahrung einfach die beste Person. Natürlich würden Sie dafür bezahlt werden. Ich würde es offiziell genehmigen und alles in die Wege leiten. Lassen Sie das mal meine Sorge sein. Sie brauchen sich um nichts dergleichen zu kümmern. Und Ihre Feier werden wir nachholen. Versprochen."

Hauptkommissar Wolta schaute die Geschenke auf seinem Tisch an und dachte an seinen Garten, in dem er arbeiten wollte. Danach betrachtete er Herrn Schrütz, der ihn mit offenen Augen erwartungsvoll anblickte. Seine gute Laune war wie verflogen. Sollte er nach fast 37 Jahren geleisteter Arbeit noch um einen letzten Fall verlängern? Er wusste nicht recht, was er sagen sollte. Natürlich war er auch geschmeichelt von der Bitte seines Vorgesetzten. Viele Gedanken schossen ihm durch den Kopf. Er dachte an seine Frau, seine Kinder, den Garten, die Abschlussfeier, an Mord und Gerechtigkeit. Er schluckte. Dann sprach er pflichtbewusst: „Ja, natürlich. Ich werde einen letzten Fall übernehmen und dem jungen Kollegen zur Seite stehen. Ich werde mich aber zurückhalten und nur beratend eingreifen, wenn er meine Hilfe braucht."

Ein Lächelnd umspielte Herrn Schmieds Gesicht: „Ich wusste, dass ich auf Sie zählen kann!"

„Herzlichen Dank, Herr Wolta", bedankte sich Kommissar Schrütz. „Ich freue mich auf die Zusammenarbeit."

„Ich werde jetzt meine Frau anrufen und anschließend berichten Sie mir bitte von dem neuen Fall."

„Wie Sie wünschen." Herr Schmied und Herr Schrütz verließen das Büro. Etwa zehn Minuten später stand Hauptkommissar Wolta in der offenen Tür. „Ich bin bereit."

„Dann kommen Sie bitte", sagte Herr Schmied. „Sie und Kommissar Schrütz fahren jetzt zum Tatort. Die Kollegen der Spurensicherung sind bereits seit einer Stunde dort."

„Und wohin fahren wir?"

„In eine Tiefgarage in Rüppurr", erklärte Kommissar Schrütz. „Dort wurde eine Frau mit einer Eisenstange niedergeschlagen."

Etwa 30 Minuten später kamen sie an der besagten Tiefgarage an. Draußen standen eine Menge Schaulustige. Die Polizei hatte die Eingänge der Tiefgarage abgesperrt. Nachdem sie eine Sperre passiert hatten, fuhren sie hinein. Am hinteren Ende sahen sie die Kollegen der Spurensicherung. Ein Krankenwagen stand auch am Tatort. Sie stiegen aus und fragten einen Kollegen, ob er sie zum Einsatzleiter bringen könne. Der Kollege ging voraus, vorbei an der Unglücksstelle. Da sahen sie die Frauenleiche vor einem Porsche Boxster auf dem Boden liegen. Ihre Handtasche lag offen daneben. Der Kollege stellte ihnen den Einsatzleiter namens Bertens vor und ging wieder zurück an seine Arbeit. Kommissar Schrütz und Hauptkommissar Wolta zeigten ihre Dienstausweise. Die drei begrüßten sich.

„Schreckliche Sache", begann Herr Bertens mit rauchiger Stimme. „Sie wurde rücklings mit einer schweren Eisenstange erschlagen. Laut Aussage des Arztes wurde mehrmals zugeschlagen, bis sie schließlich tot auf dem Rücken zu liegen kam. Die Stange wurde neben der Leiche zurückgelassen. Gestohlen wurde, soweit wir vorerst erkennen konnten, nichts. In ihrer Handtasche fanden wir ihr Portemonnaie, Schlüssel und ihr Handy."

Kommissar Schrütz fragte nach dem mutmaßlichen Todeszeitpunkt.

„Letzte Nacht zwischen 23 Uhr und 24 Uhr schätzt der Arzt. Aber das müssen Sie ihn selbst fragen."

„Wer hat die Leiche gefunden?" wollte Kommissar Schrütz wissen.

„Ein Mann namens Henning Maus fand sie, als er heute früh zur Arbeit fahren wollte und seinen Wagen dort drüben parkte." Er zeigte auf einen Audi, der in unmittelbarer Nähe stand. „Er arbeitete mit ihr zusammen. Sie war Staatsanwältin. Die Staatsanwaltschaft befindet sich direkt hier an der Hauptstraße, zwei Gebäude weiter. Sie können ihn selbst fragen. Er wartet bei den Kollegen und macht einen sehr betroffenen Eindruck."

„Wir werden gleich mit ihm sprechen. Gibt es Fingerabdrücke auf der Eisenstange? Oder Spuren, die einen Hinweis auf den Täter geben?", hakte Kommissar Schrütz nach.

„Weder noch. Er oder sie muss Handschuhe getragen haben. Draußen ist eine Baustelle. Dort liegen noch mehrere solcher Eisenstangen ungesichert herum.

Andere auffällige Spuren konnten wir bisher nicht entdecken."

„Wie heißt das Opfer?", fragte Kommissar Schrütz.

„Sie heißt laut Personalausweis Aurelia Röhninger. 47 Jahre alt, wohnhaft in Durlach Aue."

„Röhninger?", mischte sich jetzt Hauptkommissar Wolta ein. „Hat sie etwas mit der Karlsruher Drogeriemarktkette `Röhninger´ zu tun?"

„Möglich."

Hauptkommissar Wolta ließ die beiden allein und schritt hinüber zur Leiche. Er schaute sie genau an und blickte sich anschließend von dort aus nach allen Seiten um. Es standen kaum Autos in der Tiefgarage. Die Wahrscheinlichkeit, dass hier spät am Abend jemand parkte, der den Mord bezeugen könnte, war nicht sehr groß. Der Mörder konnte seine Tat ungestört begangen haben, mutmaßte er. Ein weiterer Eingang war unmittelbar am hinteren Ende der Tiefgarage. Er nickte unauffällig. Schnell war der Mörder wahrscheinlich durch diesen Ausgang vom Tatort verschwunden. Ein inneres Bild vom Tathergang baute sich auf.

„Wir müssen einen großflächigen Aufruf tätigen", sprach Kommissar Schrütz engagiert, der in der Zwischenzeit zu Hauptkommissar Wolta gekommen war. „Jemand muss den Täter dabei beobachtet haben, wie er die Stange genommen und wie er die Tiefgarage verlassen hat. Wir werden alle Anwohner des gesamten Areals um die Tiefgarage herum befragen. Vielleicht können wir dann ein Phantombild erstellen."

Hauptkommissar Wolta überlegte. „Es war sicherlich ein geplanter Mord", begann er. „Das denken Sie doch auch, oder? Es war kein Zufall im Spiel und es war auch kein Raubmord. Es sei denn, die Tote hatte etwas Wichtiges oder Belastendes bei sich, das entwendet wurde. Es ist eine Möglichkeit, die wir nicht ausschließen können. Lassen Sie uns jetzt mit diesem Henning Maus sprechen."

Kommissar Schrütz war einverstanden und beide liefen zu ihren Kollegen, bei denen der Zeuge in einem Auto sitzend wartete. Nachdem sie sich ausgewiesen hatten, wurde Henning Maus zu ihnen geführt. Sie standen sich gegenüber. Er hatte rotunterlaufene Augen und eine gebeugte Haltung. Kommissar Schrütz eröffnete das Gespräch mit der Bitte, ausführlich vom Finden der Leiche zu berichten.

Henning begann zögerlich: „Ich wollte, wie jeden Tag, früh in der Staatsanwaltschaft sein. Wir haben einen neuen Fall zu bearbeiten und ich sollte weiterführende Recherchen durchführen. Da fuhr ich in die Tiefgarage hinein und sah dort Frau Röhningers Auto stehen. Ich wunderte mich, denn sie kam gewöhnlich nach mir zur Arbeit. Als ich mein Auto geparkt hatte, sah ich sie auf dem Boden liegen. Ich rannte zu ihr hinüber, doch jede Hilfe kam zu spät. Ich konnte nichts mehr machen. Sie war tot." Er stockte. „Da rief ich sofort die Polizei an."

„Wann haben Sie sie das letzte Mal lebend gesehen?"

„Das war gestern Abend. Wir hatten diesen neuen Fall und da gibt es sehr viel zu sondieren, wissen Sie. Wir saßen bis etwa 21 Uhr zusammen und diskutierten die weiteren Schritte. Nachdem wir wussten, wie wir weiterverfahren wollten und was ich heute zu bearbeiten habe, fuhr ich nach Hause. Ich ließ sie allein."

„Sie haben gestern Abend nicht mehr miteinander telefoniert?"

„Nein."

Kommissar Schrütz fragte weiter: „Was ist das für ein Fall, den sie gerade bearbeiten?"

„Ich weiß nicht, ob ich über Einzelheiten sprechen darf." Kommissar Schrütz winkte ab und ermutigte ihn, weiter zu berichten. „Es handelt sich um eine Gruppe Männer, die einen Farbigen überfallen und getötet haben. Einer von ihnen, wir nehmen an, der Anführer, hat zugestochen. Jedoch gibt es noch kein Geständnis und eine Lücke in der Beweiskette. Wir sollen diese schließen."

„Ich verstehe. Könnte es sein, dass jemand, der ein starkes Interesse daran hat, den Täter frei zu wissen, Frau Röhninger daran hindern wollte, dessen Schuld zu beweisen?"

„Das könnte durchaus möglich sein."

Kommissar Schrütz überlegte und blickte seinen älteren Kollegen an, der nachdenklich dreinschaute. Dann entschied er: „Wir benötigen die Kontaktdaten von allen an diesem Fall beteiligten Personen. Vielleicht gibt es tatsächlich eine Ehepartnerin oder Familie oder einen Geschäftskollegen, dem daran gelegen war, dass der Täter auf freiem Fuß und handlungsfähig bleibt. Es könnte das Tatmotiv gewesen sein."

Er bedankte sich bei Henning Maus. Kommissar Schrütz wies seine Kollegen an, sich die Schlüssel zu Frau Röhningers Büro aushändigen zu lassen. Sie würden dort umgehend nach Kontaktdaten und möglichen Tatmotiven suchen.

„Wir müssen ihr Umfeld kennen lernen und umgehend die Angehörigen verständigen, finden Sie nicht auch?", unterbrach Hauptkommissar Wolta den Tatendrang seines jungen Kollegen.

„Ja, natürlich", pflichtete Kommissar Schrütz bei. „Selbstverständlich. Das wollte ich auch gesagt haben."

Hauptkommissar Wolta hob die Brauen. Dann lächelte er und bot ihm an sich aufzuteilen. Einer würde die Familie informieren und der andere könnte in Ruhe das Büro durchsuchen.

Kommissar Schrütz war einverstanden. Nachdem sie Henning Maus über Frau Röhningers Familienverhältnisse informiert und Hauptkommissar Wolta die Adresse ihrer Mutter gegeben hatte, verließen die Kommissare den Tatort.

4

Herta saß im Wohnzimmer und trank ihren morgendlichen Tee. Sie dachte an ihre Kinder. Wilhelm war die letzten Tage seit der Beerdigung sehr aufmerksam gewesen. Er hatte sie oft besucht und bemühte sich um ein gutes Verhältnis. Heute wollte er wieder zum Mittagessen kommen. Er hatte sehr an seinem Vater gehangen. Mehr noch als die anderen Kinder. Die übrigen machten sich rar und hielten Abstand. Bertram wich ihr aus und sträubte sich, mit ihr über das Familienunternehmen zu sprechen. Er konnte es nicht gut verkraften, dass er die Firma nicht vollständig überschrieben bekommen hatte und immer noch die zweite Geige spielen musste. Sie stellte die leere Tasse ab und rief nach Maria, der Haushälterin. Einen Moment später kam sie aus der Küche ins Wohnzimmer gelaufen. Herta wies an, dass sie das Service mitnehmen solle. Maria nickte. Sie zögerte jedoch einen Moment. Es schien so, als ob sie etwas sagen wolle. Nervös spielte sie mit ihren Fingern, atmete ein und öffnete leicht den Mund. Als Herta ihren Impuls bemerkte, wendete sie sich ihr zu und hob fragend die Brauen. Maria schluckte. „Sehr wohl", flüsterte sie. Dann nahm sie das Tablett, stellte hektisch das Service darauf und verließ den Raum.

Herta stand auf und ging ins Arbeitszimmer. Es war der Lieblingsraum ihres Mannes Maximilian gewesen. Dort saß er oftmals stundenlang und dachte über die Zukunft seiner Drogeriemarktkette nach. Hier wurden Pläne gemacht und über Wohl und Wehe entschieden. Alles, was später in der Firma beschlossen wurde, ging hier über seinen Tisch.

An diesem Tisch nahm nun Herta Platz. Es war ein erhabenes Gefühl. Sie lächelte leicht. Nach einem Moment der Stille drehte sie sich um und betrachtete das Bild hinter ihr an der Wand. Sie stand auf und klappte es wie eine Schranktür auf. Dahinter verbarg sich ein Safe, den sie mit einer Zahlenkombination öffnete. Im Inneren lag eine Mappe, die sie herausnahm. Mit ihr setzte sie sich zurück an den Tisch. Sie studierte den Inhalt und las die verschiedenen Dokumente, die sich in ihr verbargen. Ab und an machte sie zustimmende Geräusche. Dann schweifte ihr Blick in die Ferne. Ihre Augen funkelten. Sie saß eine Weile lang stumm da, die Papiere vor ihr aufgefächert auf dem Tisch. Da wurde sie vom Klingeln der Türglocke aus ihren Gedanken gerissen. Schnell packte sie die Dokumente zusammen und legte die Mappe vorsichtig zurück in den Safe. Nachdem sie ihn geschlossen hatte und das Bild wieder zurückgeklappt war, verließ sie schnellen Schrittes das Arbeitszimmer. Sie schloss die Tür von außen und lief zur Haustür ins Parterre. Zeitgleich bewegte sich im Inneren des Arbeitszimmers einer der schweren Vorhänge. Kurz darauf öffnete sich leise die Tür des Zimmers und eine Gestalt entwich in den Flur.

Als Herta in die Halle gelangte, stand Maria bereits mit Hauptkommissar Wolta in der geöffneten Tür. Maria drehte sich um und blickte ängstlich Herta entgegen, die ihren Gang verlangsamte und ihn unsicher begrüßte.

„Sind Sie Frau Herta Röhninger?", fragte er mit gedämpfter Stimme.

Sie bejahte.

Er wies sich aus und bat: „Dürfte ich bitte für einen Moment hineinkommen?"

Herta nickte. Wenn Besuch kam erteilte sie Maria für gewöhnlich den Auftrag, Kaffee und Gebäck zu richten. Das tat sie auch jetzt und führte anschließend den Hauptkommissar ins Wohnzimmer. Nachdem sich beide gesetzt hatten und Herta aufgefallen war, dass der Kommissar bedrückt zu sein schien, schaute sie ihm ängstlich in die Augen. Er war mit einer unangenehmen Nachricht gekommen, dachte sie, und es fiel ihm schwer, einen angemessenen Anfang zu finden.

Hauptkommissar Wolta konnte auch nach 37 Dienstjahren nur schwer über die Lippen bringen, den Tod eines Familienangehörigen zu übermitteln. Er räusperte sich und begann zögerlich: „Es handelt sich um Ihre Tochter Aurelia Röhninger. Es tut mir sehr leid. Sie ist gestern Abend …"

„Ist ihr etwas zugestoßen?", unterbrach sie ihn. Er hielt einen Moment inne. Sofort schossen Herta die Tränen in die Augen. „Ist sie … tot?"

Hauptkommissar Wolta nickte. „Sie kam gestern Abend in einer Tiefgarage in Rüppurr gewaltsam zu Tode."

Herta hielt die Hände vor den geöffneten Mund. Mit einem schmerzvollen Stöhnen schloss sie die Augen. Sie atmete schwer. Nach einem unangenehmen Moment der

Stille sagte sie vollkommen unerwartet mit verbittertem Unterton: „Ich wusste es. Ich wusste, dass es eines Tages soweit kommen würde!"

Unverständnis spiegelte sich in seinem Gesicht.

„Mein kleines Mädchen!", stieß sie jammernd aus. „Wir waren immer gegen diesen Beruf. Das müssen Sie mir glauben. Aber sie ließ sich nicht davon abbringen, Jura zu studieren und Staatsanwältin zu werden. Gott weiß, was wir alles versucht hatten. Aber sie hatte ihren eigenen Kopf! Da war nichts zu machen. Sie liebte es, Paragraphen zu studieren und sich für die Gerechtigkeit einzusetzen. Aber mussten es unbedingt Mordfälle sein? Wie wir auf sie eingeredet hatten: `Tu es nicht!´, sagten wir. `Das ist doch viel zu gefährlich!´ Aber genau das musste es sein. Wir waren machtlos. Sie tat immer, was sie wollte. Mein kleines Mädchen! Es war ihr tägliches Geschäft, sich mit Mördern auseinanderzusetzen. Einmal musste es geschehen und ein Verrückter würde sich an ihr rächen." Nach einer Pause fragte sie leise: „Wie wurde sie ermordet?"

„Sie wurde erschlagen." Hauptkommissar Wolta senkte den Blick.

Herta stand auf und schaute aus dem Fenster. „Tot … zuerst Maximilian und jetzt Aurelia", flüsterte sie vor sich hin. „Wie viel Leid kann eine Menschenseele verkraften? In so kurzer Zeit?"

Hauptkommissar Wolta hatte darauf keine Antwort parat.

Maria betrat mit einem Tablett den Raum. Sie wusste sofort, dass etwas Schlimmes geschehen sein musste. Sie stellte die Kaffeetassen und eine Thermoskanne auf ein Beistelltischchen. Unvermittelt fragte der Hauptkommissar: „Sie heißen … ?"

Maria zögerte. Dann stellte sie sich gerade hin und antwortete pflichtbewusst: „Mein Name ist Maria Naulam. Ich arbeite seit einem Vierteljahr bei der Familie Röhninger. Ich helfe im Haushalt, kann aber auch pflegerische Tätigkeiten übernehmen, wenn es gewünscht wird."

„Wo waren Sie gestern Abend zwischen 23 Uhr und 24 Uhr?"

Maria erstarrte für einen Moment. Dann schaute sie Herta an und sagte: „Ich war hier im Haus. Ich bewohne ein Zimmer im oberen Stock. Frau Röhninger und auch der junge Herr Röhninger können es bezeugen."

„Mein Sohn Wilhelm war gestern Abend bei mir", erklärte Herta. „Wir spielten gemeinsam mit Maria eine Partie Rommé. Aber wieso stellen sie überhaupt diese

Frage?" Erschrocken fragte sie: „Sie glauben doch nicht, dass jemand aus diesem Haus meine Tochter umgebracht haben könnte?"

„Aber nein. Es ist eine reine Routinefrage."

Herta nickte. Ihr Herz raste und ihre Muskeln krampften. Die Gedanken kreisten wirr in ihrem Kopf herum. Unzählige Bilder von Aurelia kamen ihr in den Sinn. Aurelia, ihre einzige Tochter war tot! Maria spürte Hertas Verzweiflung. Sie nahm ihre Hand, um sie zu beruhigen. Hilfesuchend blickte Herta Maria an. „Bitte bring mir meine Baldriantabletten", bat sie. „Sie liegen im Schlafzimmer auf dem Nachttischchen." Sogleich machte sich Maria auf den Weg.

Hauptkommissar Wolta fühlte sich unbehaglich. Er musste noch einige Fragen stellen, wusste aber nicht, wie er anfangen sollte. „Frau Röhninger", begann er mitfühlend, „es tut mir sehr leid und ich fühle mit Ihnen. Der Verlust Ihrer Tochter muss sehr schmerzlich sein. Ich verspreche Ihnen, wir werden alles daransetzen herauszufinden, wer der Mörder war."

Herta schaute ihn traurig an, sagte aber nichts dazu.

„Nun, es wäre wichtig, wenn Sie mir noch einige Fragen beantworten könnten. Fühlen Sie sich hier und jetzt im Stande dazu? Oder soll ich ein anderes Mal wiederkommen?"

Herta schluckte. Sie richtete sich auf und atmete tief ein. „Bitte", sprach sie mit schwacher Stimme. „Beginnen Sie mit Ihren Fragen."

„Ich danke Ihnen. Sie sagten, Ihr Mann ist gestorben?"

„Vor vier Wochen, an einem Herzinfarkt."

„Mein Beileid. Haben Sie außer Ihrer Tochter Aurelia noch weitere Kinder?"

Herta Nickte. „Ich … habe vier Kinder. Mein ältester Sohn Bertram, dann Wilhelm, Aurelia und Bruno."

„Können Sie mir nähere Angaben zu Ihren Kindern machen?"

Herta seufzte. Unwillig begann sie zu berichten: „Mein Sohn Bertram ist verheiratet. Er und Gabriele haben ein Kind. Felicia heißt sie und ist 13 Jahre alt. Sie wohnen in Karlsruhe im Musikerviertel. Vor einigen Jahren hat ihm mein Mann die Geschäftsführung unseres Familienunternehmens übertragen. Er musste schon früh Verantwortung übernehmen und auf seine jüngeren Geschwister aufpassen. Er ist fleißig und arbeitet pflichtbewusst."

„Haben Sie einen engen Kontakt zu ihm?"

„Unser Kontakt beschränkt sich momentan auf die Arbeit."

„Verstehe. Und die beiden anderen Kinder?"

„Mein Sohn Wilhelm ist Realschullehrer in Karlsruhe. Er wohnt in Rintheim und ist ledig. Ob er derzeit eine Freundin hat, weiß ich nicht. Ich würde sagen: nein. Zumindest hat er mir keine vorgestellt. Er bemüht sich sehr um mich, seitdem mein Mann gestorben ist und ich allein bin.

Bruno ist mein jüngster Sohn. Er ist Schauspieler und der kreative Kopf in unserer Familie. Er hat eine Freundin, Victoria, die einmal Balletttänzerin war. Jetzt betreibt sie ein kleines Tanzstudio. Sie wohnen hier in Bruchsal in einer kleinen Mietwohnung."

„Ich danke Ihnen. Könnte ich die Adressen Ihrer Kinder bekommen?"

„Maria wird sie Ihnen aufschreiben."

„Danke." Hauptkommissar Wolta überlegte: „Wie würden Sie Ihre Kinder charakterisieren?"

Herta schaute aus dem Fenster. Die Frage war ihr unangenehm. Wie sollte sie ihre Kinder beschreiben? Sie liebte sie alle, so verschieden sie auch waren. „Nun, sie sind sehr unterschiedlich", begann sie. „Bertram ist sehr strebsam. Schon in der Schule war er beim Abitur der Jahrgangsbeste. Er war der einzige, dem wir die Geschäftsführung anvertrauen konnten. Seine Frau

Gabriele passt sehr gut zu ihm. Beide sind sehr leistungsorientiert. Meine Enkelin Felicia hat bereits einiges von deren Zielstrebigkeit übernommen.

Wilhelm ist ein lieber Junge, träumt oft vor sich hin. Er ist sehr schüchtern. Bestimmt hätte er im Leben viel mehr erreichen können, traut sich aber oft zu wenig zu.

Bruno ist der Sonnenschein der Familie. Ich liebe es, wenn er auf der Bühne steht und glücklich ist. Ich freue mich für ihn und Victoria. Sie sind zwei ungemein sensible Menschen.

Und Aurelia … Mein Mädchen …" Ihre Stimme versagte und sie begann zu weinen.

Hauptkommissar Wolta bedankte sich bei ihr für ihre offenen Worte. Für heute schien es genug zu sein. Er nickte und stand auf. Maria kam mit den Baldriantabletten herein, die sie Herta umgehend aushändigte, und sorgte dafür, dass sie welche nahm. Im Hinausgehen winkte der Kommissar Maria zu sich. „Bitte Frau Naulam, ich hätte da noch eine Frage."

Maria strich Herta über die Schulter. Dann begleitete sie Hauptkommissar Wolta auf dem Weg hinaus. In der Eingangshalle fragte er: „Bitte, beschreiben Sie mir aus Ihrer Sicht, welches Verhältnis die Kinder untereinander haben."

Maria blickte sich unsicher um. Ihr war die Frage sehr unangenehm. Zögerlich sagte sie: „Ich sehe die Familie nicht sehr oft. Ich weiß nicht, ob ich die Richtige bin. Ich kann Ihre Frage nicht beantworten."

„Bitte, versuchen Sie es aus Ihrer Sicht. Irgendetwas wird Ihnen bestimmt aufgefallen sein. Es ist sehr wichtig, dass Sie uns helfen."

Wieder schaute sie sich um. Nervös spielte sie mit ihren Händen. „Wilhelm … Wilhelm kommt in der letzten Zeit häufig zu Besuch. Er ist sehr freundlich, aber eher zurückhaltend. Er versteht sich mit allen gut, würde ich sagen. Er vermittelt, wenn es zu Auseinandersetzungen kommt." Sie stockte.

„Sehr gut. Sie machen das sehr gut", ermunterte sie der Hauptkommissar.

„Aurelia war eine Außenseiterin, die sich eher distanziert verhielt. Zwischen Bertram und Bruno gab es bei Herrn Röhningers Beerdigung Spannungen. Bertram wirkte sehr hart, so wie ich ihn erlebt hatte. Bruno ist Schauspieler. Er ist anders als die anderen." Abschließend urteilte sie: „Es gibt eigentlich wenig Zusammenhalt in der Familie. Sie haben nicht so viel füreinander übrig."

„Ich danke Ihnen, Frau Naulam. Sehen Sie, Sie haben sich doch sehr gut erinnert und Sie konnten mir weiterhelfen."

„Bitte, erzählen Sie niemanden davon, dass ich ..."

„Seien Sie ganz beruhigt." Er blickte sie freundlich an. Nachdem sie ihm die Adressen der Kinder herausgesucht und aufgeschrieben hatte, gaben sich die beiden die Hand und Hauptkommissar Wolta verließ das Haus. Maria blickte ihm nach, bis er das Anwesen verlassen hatte, dann schloss sie die Tür.

Im Polizeirevier Karlsruhe-West setzte sich Hauptkommissar Wolta in seinem Büro an den Schreibtisch. Vor ihm stand ein gehäufter Teller mit den Speisen darauf, die eigentlich für seine Verabschiedung angerichtet worden waren. Er aß und dachte nach. `Eine wohlhabende, erfolgreiche Familie ... zwei Todesfälle innerhalb weniger Wochen ... drei Kinder, die wenig füreinander übrig haben ...´

Dann klopfte es an der Tür und Kommissar Schrütz trat schnellen Schrittes herein. Er trug eine Herren-Umhängetasche, die er auf den Tisch stellte und aus der er ein kleines Notizbuch herausnahm. Motiviert begann er, während er es aufschlug: „Wir waren in Frau Aurelia Röhningers Büro und haben einiges Interessantes herausgefunden. Der Raubmordfall, an dem sie gerade gearbeitet hatte, ist knifflig. Sehen Sie: Es handelt sich um einen Mord an einem afrikanischen Flüchtling. Eine Gruppe Rechtsextremer soll ihm aufgelauert, ihn ausgeraubt und erstochen haben."

„Ich verstehe."

„Es gibt mehrere Zeugen, die sahen, wie die Männer vom Tatort weggerannt sind. Durch sie wurden die Täter gefunden und identifiziert. Die Aussagen der Gruppenmitglieder stimmen jedoch nicht überein. Es gibt Ungereimtheiten. Unklar ist, wer tatsächlich zugestochen hat. Die Mitglieder dieser Gruppe sollen extrem gewaltbereit sein, heißt es. Sie sind im Untergrund vernetzt mit anderen Gleichgesinnten. Es ist gut möglich, dass einer von ihnen Aurelia Röhninger erschlagen hat, um die Ermittlung zu stören und ein Exempel zu statuieren." Siegessicher schaute er aus seinem Büchlein auf. „Es wäre nicht das erste Mal, dass Rechtsextreme gewalttätig werden."

„Ja, das ist eine Spur. Sehr gut. Unternehmen wir weitere Schritte in diese Richtung!"

Stolz bedankte sich Kommissar Schrütz bei seinem väterlichen Kollegen. Dann überlegte er: „Wir müssen herausfinden, zu wem die Gruppenmitglieder in den letzten Tagen Kontakt hatten. Dann finden wir vielleicht den Täter."

Hauptkommissar Wolta nickte. Anschließend berichtete er von dem Gespräch mit Frau Röhninger und der Hausangestellten Frau Naulam. Sie entschieden, nach dem Mittagessen Frau Röhningers Kinder zu besuchen und zu befragen. Parallel wollten sie die Kollegen, die auf den Flüchtlingsmord angesetzt waren, darüber informieren, dass es eine mögliche Verbindung zu dem Mordfall Aurelia Röhninger geben könnte.

Gegen 14 Uhr standen Hauptkommissar Wolta und Kommissar Schrütz vor einem Mehrfamilienhaus in Rintheim. Sie vermuteten, dass der Sohn Wilhelm bereits von der Schule nach Hause gekommen war. Sie hatten Glück. Nachdem sie die Klingel betätigt hatten, öffnete sich die Tür. Sie stiegen die Treppe hinauf in den zweiten Stock. Dort wurden sie von Wilhelm begrüßt. Dieser hatte bereits von seiner Mutter die traurige Nachricht von Aurelias Tod erfahren. Er bat sie hinein und im Wohnzimmer begann Kommissar Schrütz das Gespräch: „Unser Beileid zum Tod Ihrer Schwester."

Wilhelm schluckte. Er bedankte sich und bot den Kommissaren einen Platz auf der Couch an. Nachdem sie sich gesetzt hatten, fragte Kommissar Schrütz: „Wie würden Sie das Verhältnis zwischen Ihnen und Ihrer Schwester beschreiben?"

Er überlegte. „Nun, ich weiß nicht, was ich sagen soll. Aurelia und ich hatten die letzten Jahre wenig Kontakt. Sie hatte immer viel zu tun und meldete sich praktisch nie von sich aus. Ich hörte irgendwann auf, sie anzurufen. Jetzt tut es mir sehr leid, dass wir uns so entfremdet haben." Er schaute die Kommissare traurig an.

„Wo waren sie gestern Abend zwischen 23 Uhr und 24 Uhr?"

Wilhelm stutzte. „Ich war bei meiner Mutter. Wir haben bis spät in die Nacht Karten gespielt. Maria kann das bezeugen. Wir haben gemeinsam gespielt. Es war bereits nach Mitternacht, als ich das Haus verließ."

„Sie kümmern sich sehr um Ihre Mutter?"

„Natürlich. Sie ist sehr einsam seit dem Tod meines Vaters."

Kommissar Schrütz nickte. Eine Pause entstand, in die Hauptkommissar Wolta die Frage nach seinem Verhältnis zu den anderen Geschwistern einwarf.

„Was soll ich dazu sagen?", fragte Wilhelm. „Wir haben ein Nicht-Verhältnis, würde ich meinen. Bertram ist erpicht auf Vaters Geld und Bruno ist ein Träumer, der ohne die Zuwendung unserer Eltern nicht überleben könnte. Ich hoffe, es ist in Ordnung, wenn ich ganz ehrlich zu Ihnen bin?", fragte Wilhelm plötzlich unsicher nach. Nachdem Kommissar Schrütz ihn ermutigte weiter zu reden, fügte Wilhelm an: „Ich komme mit meinen beiden Brüdern nicht wirklich zurecht. Weder mit Bertrams Geldgier noch mit Brunos unstetem Leben. Aber ich habe es sie nie spüren lassen. Nicht, dass Sie das annehmen! Ich bin immer sehr freundlich und nett und versuche zu vermitteln, wenn es zu Unstimmigkeiten kommt."

Hauptkommissar Wolta schaute nachdenklich drein. Viel Zuneigung schien es in dieser Familie nicht zu geben. „Sie sind Lehrer aus Leidenschaft?", wechselte er nun das Thema, als er einige Stapel Hefte auf dem Esstisch sah.

Wilhelm wusste nicht recht, was er darauf antworten sollte. „Natürlich", sagte er stolz. „Ich liebe meinen Beruf. Auch wenn es manchmal sehr schwierig erscheint, ist er doch sinnvoll."

„An welcher Schule arbeiten Sie?"

„An der Uhland-Realschule hier in Karlsruhe."

„Und kommen Sie gut mit den Schülern zurecht?"

„Ja, wir haben ein sehr gutes Verhältnis, muss ich sagen."

Auf die Frage, ob er schon lange dort unterrichtete, erzählte dieser: „Nein, erst seit vier Jahren. Davor war ich ein Jahr in London an einer deutschen Schule tätig. Das war eine ungemein wichtige Zeit für mich. Ich bin für dieses Jahr sehr dankbar."

Hauptkommissar Wolta nickte anerkennend. „Sie sind ledig?", fragte er weiter.

Wilhelm erklärte: „Ich hatte einmal eine Freundin, Miriam, die ich auch heiraten wollte. Aber kurz vor der Hochzeit hat sie sich von mir getrennt. Das war noch vor meiner Zeit in London. Seitdem lebe ich alleine."

„Das tut mir leid."

„Schon gut, ich bin darüber hinweg. Das ist ja schon Jahre her."

„Ich danke Ihnen für Ihre Offenheit", beendete Hauptkommissar Wolta das Gespräch. Die Kommissare erhoben sich und verließen die Wohnung.

Die Tür öffnete sich und Bruno begrüßte matt die Kommissare. Er wusste, dass die Polizei wohl auch zu ihnen kommen würde. Er bat sie herein. Im Wohnzimmer wartete bereits Victoria.

Routiniert sprach Kommissar Schrütz sein Beileid aus.

„Es ist unfassbar!", sagte Bruno. „Ich kann es immer noch nicht glauben! Erschlagen in einer Tiefgarage."

Victoria nahm seine Hand, um ihn zu trösten. Bruno war sichtlich gezeichnet. Der Tod seiner Schwester hatte ihn aus dem Gleichgewicht gebracht. „Immer wieder frage ich mich, wer dazu im Stande ist? Ständig sehe ich die Bilder vor mir, wie sie vor Gericht stand, so voller Leben, und nun …" Er brach ab und weinte.

„Bruno ist sehr erschüttert", erklärte Victoria, während sie ihn in den Arm nahm. „Er mochte seine Schwester. Er ist empfindsam und Gewalt kann er nicht ertragen. Es ist gut, Bruno", tröstete sie ihn, „fühle deinen Schmerz. Alles ist gut."

Die beiden Beamten warfen sich einen Blick zu. Kommissar Schrütz bemerkte: „Es tut uns wirklich sehr leid. Dennoch möchten wir Sie bitten, uns einige wenige Fragen zu beantworten. Fühlen Sie sich im Stande dazu?"

Bruno nickte. Er strich sich die Tränen aus dem Gesicht und schluckte.

„Wie war Ihr Verhältnis zu Ihrer Schwester?"

„Wie gesagt, ich mochte sie gerne. Wir hatten nicht viel Kontakt. Sie war distanziert zu mir und irgendwie ganz anders als ich, dennoch gab es eine Verbindung. Ich wusste, dass sie auf mich hinabschaute, weil ich als Schauspieler nicht viel Geld verdiene. Materielle Dinge und Statussymbole waren ihr sehr wichtig. Autos, Kleider oder eine teuer eingerichtete Wohnung. Solche Dinge waren das, wonach sie strebte. Ich lebe ganz einfach, wissen Sie, Status und Geld sind mir nicht wichtig. Aber wenn es darauf ankam, dann hielten wir immer zusammen. Ich spiele bald in einem Kriminalstück mit. Sie erlaubte mir beispielsweise, für meine Rollenrecherche an einem ihrer Prozesse teilzunehmen, das war ungemein spannend. Sie stand mir auch Frage und Antwort, da war sie mir gegenüber sehr offen."

„Ich danke Ihnen. Und Sie? Wie war Ihr Verhältnis zu Ihrer Schwägerin?", wollte Kommissar Schrütz nun von Victoria wissen.

„Ich hatte praktisch kein Verhältnis zu ihr", erklärte sie. „Wir sahen uns nur, wenn es um Familienangelegenheiten ging. Feiern, Beerdigung und dergleichen. Ich mochte sie eigentlich nicht. Sie war uns gegenüber überheblich. Aber ich wusste, dass sie Bruno wichtig war."

„Wo waren Sie beide gestern Abend zwischen 23 Uhr und 24 Uhr?"

„Ich war in meinem Ballettstudio. Ich habe eine neue Choreographie für eine meiner Gruppen vorbereitet."

„Und ich habe hier zu Hause Text gelernt", erklärte Bruno.

„Gibt es dafür Zeugen?"

„Ich fürchte nein, Herr Kommissar", beantwortete Victoria die Frage.

Kommissar Schrütz dachte nach. Er setzte von Neuem an: „Haben Sie eine Idee, wer ein Motiv für den Mord an Ihrer Schwester gehabt haben könnte?"

Bruno starrte den Kommissar an. Er wusste nicht, was er antworten sollte. Glaubte er denn, dass jemand aus ihrem Bekanntenkreis für den Mord verantwortlich sei? Unfassbar war dieser Gedanke.

„Nein, wir wissen nicht, wer ein Motiv gehabt haben könnte", antwortete Victoria. „Weder innerhalb der Familie noch aus unserem Bekanntenkreis."

„Wir danken Ihnen vielmals für Ihre offenen Worte", beendete Kommissar Schrütz das Gespräch. Sie verließen das Wohnzimmer. In der offenen Wohnungstür blieb Bruno unvermittelt stehen, als ob er sich an etwas Wichtiges erinnerte. Hauptkommissar Wolta bemerkte dies und fragte: „Herr Röhninger, ist Ihnen noch etwas eingefallen, das Sie uns mitteilen möchten?"

Bruno schaute die Kommissare abwechselnd an. „Wenn Sie mich so fragen, ja." Er erinnerte sich: „Nach diesem Prozess, dem ich beiwohnen durfte, lief die Familie des Verurteilten an uns vorbei. Der Mann spuckte vor Aurelia auf den Boden und bedrohte sie mit den Worten: `Ich hoffe, Sie werden Ihres Lebens nicht mehr froh!´"

Hauptkommissar Schrütz hakte nach: „Wann genau war das und wer genau hat das gesagt?"

Bruno versuchte sich zu erinnern. „Das war am letzten Freitag, also vor vier Tagen. Es war die Familie des Verurteilten, die an uns vorbeilief. Pittser war der Name, wenn ich mich nicht irre. Seine Mutter war in Ohnmacht gefallen, direkt nach der Urteilsverkündung. Ein Zuschauer kümmerte sich um sie. Es muss die Tochter mit ihrem Mann gewesen sein. Ja genau. Vermutlich war es der Schwager von diesem Pittser, der Aurelia danach angesprochen hatte."

Kommissar Schrütz schaute seinen Kollegen an. Dies bedeutete, dass es noch eine Spur gab, die sie verfolgen konnten. Die Akten über diesen Fall würden sie bestimmt in Aurelia Röhningers Büro finden. „Wir danken Ihnen. Sie haben uns sehr geholfen!"

Ungläubig nickte Bruno. Er wollte auf keinen Fall etwas Falsches gesagt oder getan haben. Die Kommissare verließen die Wohnung. Bruno und Victoria umarmten sich. Danach schlossen sie die Tür.

„Ja, ich verstehe … In einer Tiefgarage sagst du, gestern am späten Abend? Ja. Es tut mir sehr leid. Selbstverständlich werde ich mich um alles kümmern, sei unbesorgt. Du kannst dich auf mich verlassen … Dann lass dir von Maria welche besorgen … Wo ist sie denn? … Dann sag ihr, dass sie später in der Stadt welche kaufen soll … Nein, die Polizei war noch nicht bei uns … Wir sind zu Hause … Du kannst dich auf mich verlassen. Bis morgen dann." Bertram legte das Telefon beiseite. Gabriele stand neben ihm. Ernst berichtete er von Aurelias Tod und dessen Umstände. Die Polizei würde gleich vorbeikommen und sie befragen. Gabriele nahm auf einem Stuhl im Esszimmer Platz. „Sie werden uns verdächtigen", mutmaßte sie nachdenklich. „Wir haben kein Alibi für die Tatzeit. Niemand kann bezeugen, dass du gestern Abend bis spät hier gearbeitet hast und ich alleine unterwegs war. Felicia war nicht zu Hause, sie hat bei einer Freundin übernachtet."

„Wo warst du eigentlich um diese Zeit?"

„Ich war einkaufen. Der Supermarkt in Maxau hat bis 24 Uhr geöffnet. Er ist praktisch leer um diese Zeit. Davor war ich in der Innenstadt unterwegs."

„Dann wird dich bestimmt jemand gesehen haben. Mach dir keine Gedanken." Nach einer Pause fragte er: „Wieso sollten sie uns verdächtigen?"

„Na, denk doch mal nach", sagte sie ernst. „Aurelia ist tot. Ein Erbe weniger und ergo mehr Vermögen für uns. Ist es ein Zufall, dass Aurelia so kurze Zeit nach Maximilians Herzinfarkt ermordet wurde? Es ist schließlich nur eine Frage der Zeit, bis deine Mutter stirbt."

Bertram stimmte zu. So gesehen hatte Gabriele Recht. Es klingelte. Gabriele stand auf und öffnete die Haustür. Höflich begrüßte sie die beiden Kommissare. „Bitte kommen Sie herein."

Während sie in das großzügige Wohnzimmer gingen, berichtete Bertram, dass sie bereits vom tragischen Tod der Schwester erfahren hatten. Er würde sich nun als ältester Sohn um alle Formalitäten kümmern, um seine Mutter zu entlasten. Gefasst fragte er: „Wissen Sie schon, wer es war?"

Kommissar Schrütz schüttelte den Kopf. Sie wollten in einem ersten Schritt die Familienmitglieder kennen lernen, um sich ein Bild von Aurelias Umfeld machen zu können. „Nun, da sind wir nicht die besten Ansprechpartner", befand Bertram. „Wir hatten praktisch keinen Kontakt. Wir sahen uns nur zu familiären Treffen und haben für gewöhnlich nur wenig miteinander gesprochen. Sie sollten ihre Freunde befragen, nicht uns."

Kommissar Schrütz lächelte. Sie würden natürlich auch ihr gesamtes soziales Umfeld interviewen. Freundlich fragte er: „Wo waren Sie gestern Abend zwischen 23 Uhr und 24 Uhr?"

„Wir waren zu Hause, Gabriele und ich. Unsere Tochter übernachtete bei einer Freundin." Eine Pause entstand. Bertram und Gabriele Röhninger machten keinen besonders traurigen Eindruck, dachte Kommissar Schrütz. Er sprach kühl und abgeklärt und sie stand teilnahmslos daneben.

Hauptkommissar Wolta übernahm nun das Wort: „Sagen Sie, kam es an der Beerdigung Ihres Vaters zu einer Auseinandersetzung zwischen Ihnen und Ihren Geschwistern?"

Bertrams Gesichtsausdruck entgleiste. „Wie kommen Sie darauf? Wer hat das behauptet?"

Hauptkommissar Wolta hob fragend die Brauen, beantwortete aber nicht seine Frage.

Bertram räusperte sich. „Nun ja, es ging um das Familienerbe. Ich als Geschäftsführer müsste unserer Meinung nach das Familienunternehmen erben, damit die Drogeriemarktkette `Röhninger´ weiterhin Bestand hat. Niemand anderes könnte mich ersetzen. Das sehen meine Geschwister anders. Aber ich bitte Sie, mein Bruder Bruno könnte niemals ein Unternehmen führen. Das ist ganz und gar undenkbar." Er blickte seine Frau an, die ihm beipflichtete. „Und Wilhelm ist ein Mann ohne Durchsetzungsvermögen. Ich frage mich, ob er seinen Schülern überhaupt gewachsen ist oder sie ihm auf der Nase herumtanzen."

„Sie sprechen nicht sehr nett von Ihren Geschwistern", bemerkte Hauptkommissar Wolta.

„Ich sage nur die Wahrheit, immer gerade heraus. Es bringt nichts, um den heißen Brei herumzureden."

„Da haben Sie Recht", bestätigte Hauptkommissar Wolta seine Einstellung. „Haben Sie eine Idee, wer den Mord verübt haben könnte?", fragte er weiter.

Bertram sah seine Frau an. Dann sagte er: „Ich kann mir nicht vorstellen, dass jemand aus der Familie den Mord verübt haben könnte. Warum auch? Ich bin ehrlich zu Ihnen, Herr Kommissar. Wir mögen uns nicht besonders, aber deswegen bringen wir uns nicht gleich um. Nein, das passt nicht zu uns. Ich an Ihrer Stelle würde mich in der Staatsanwaltschaft umsehen. Mit Mördern ist nicht zu spaßen! Bestimmt hat ein freigekommener Straftäter den Mord begangen. Ich habe sowieso nie verstanden, warum sie sich mit solchen Dingen beschäftigt hat."

„Sie glauben, es handelt sich um Rache?"

„Ja, um was sonst?"

„Ja, um was sonst", wiederholte Hauptkommissar Wolta. „Wir danken Ihnen. Für den Moment war es das auch schon. Bitte halten sie sich für weitere Fragen bereit."

Bertram schaute unsicher drein und lächelte leicht gekünstelt. Das Gespräch war nicht so verlaufen, wie er es sich gewünscht hätte. Er begleitete die Kommissare zur Tür und verabschiedete sich höflich.

Am nächsten Tag saß Hauptkommissar Wolta in seinem Büro. Jeden Moment würde sein junger Kollege Schrütz zu ihm kommen, um über den Fall und die nächsten Schritte zu sprechen. Er mochte ihn. Kommissar Schrütz erinnerte ihn an ihn selbst, damals, als er frisch nach dem Studium in seinem ersten Fall ermittelt hatte. Auch er war motiviert und etwas überengagiert gewesen, weil er nichts falsch machen und den Fall lösen wollte. Ein bisschen weniger Tatendrang und mehr Übersicht wünschte er sich von ihm. Aber er war noch so jung und unerfahren, er konnte es ihm nicht übelnehmen. Er hatte im Grunde alles, was man in seinem Beruf brauchte. Er war integer, offen für neue Denkansätze, höflich und hatte kriminalistischen Spürsinn. Alles in allem hatte Hauptkommissar Wolta ein gutes Gefühl und es machte ihm Freude, dem jungen Kollegen bei seinen ersten Schritten in die Professionalität helfen zu können.

Wie erwartet klopfte es und Hauptkommissar Wolta bat herein. Er begrüßte Kommissar Schrütz. Dieser setze sich ihm gegenüber an den Schreibtisch, zog aus seiner Herren-Umhängetasche sein Notizbuch und begann sofort mit seinen Ausführungen: „Also, ich habe Folgendes in die Wege geleitet: Die Anwohner der Tiefgarage in Rüppurr werden von den Kollegen Mathies und Heinze befragt. Von ihnen werden wir erfahren, ob es Zeugen gibt, die den Täter vor oder nach der Tat gesehen haben. Vielleicht können wir so ein Phantombild erstellen und eine Fahndung herausgeben."

Hauptkommissar Wolta nickte zustimmend.

„Des Weiteren habe ich Rückmeldungen von den Kollegen des Raubmordfalles erhalten. Die Täter schweigen sich aus. Niemand hat bis jetzt gestanden. Es

81

gibt in Karlsruhe einige Männer, die zu einer Verbindung namens `Reichsengel´, gehören. Zwischen ihnen und den Tätern soll in der Vergangenheit eine enge Verbindung bestanden haben. Laut der Kollegen sind die Reichsengel sehr gewaltbereit und bereits mehrmals straffällig geworden. Es gilt jetzt herauszufinden, ob es einen Kontakt gegeben hat. Diese Gruppen halten eng zu einander und setzen sich füreinander ein, im negativen Sinne. Jedenfalls sind die Kollegen dran. Wenn sich bewahrheitet, dass ein Kontakt stattgefunden hat und die Männer kein Alibi aufweisen können, schalten wir uns ein."

„Sehr gut."

„Und ich habe heute Morgen die Akte des Mordfalls herausgesucht, den der Sohn Bruno Röhninger im Gerichtssaal mitverfolgt hat. Der verurteilte Anselm Pittser hat eine Mutter, Margarete Pittser, und eine verheiratete Schwester namens Regine Homsel. Der Schwager Vincent Homsel muss Aurelia Röhninger gegenüber nach dem Prozess die Drohung ausgesprochen haben. Mit dem jungen Ehepaar Homsel habe ich einen Termin ausgemacht. Morgen um 15 Uhr werden sie zu uns ins Revier kommen.

Zum Schluss habe ich die Kontaktdaten von Aurelia Röhningers Handy ausgewertet und ihren Kalender durchforstet. Wir können nun ihre Freunde kontaktieren und anhand der eingetragenen Termine nachvollziehen, wo und mit wem sie sich getroffen hat. Vielleicht ergeben sich daraus neue Erkenntnisse."

Kommissar Schrütz atmete tief durch. Er blickte Hauptkommissar Wolta mit strahlenden Augen an und erwartete ein Lob für seine getane Arbeit. Dieser lächelte zurück. „Nicht schlecht", bemerkte er. „Gar nicht schlecht." Zufrieden schloss Kommissar Schrütz sein Notizbuch.

5

„Es gibt nicht viel, was wir berichten können", erklärte Kollege Mathies. „Eine Anwohnerin hat zwischen 21 Uhr und 21:30 Uhr einen Audi aus der Tiefgarage fahren sehen."

„Das wird Herr Henning Maus gewesen sein, der Arbeitskollege von Frau Röhninger", warf Kommissar Schrütz ein. „Er fällt als Täter aus. Der Mord ereignete sich circa zwei Stunden später."

Hauptkommissar Wolta schaute auf. Er hatte Henning Maus nicht ausgeschlossen. Es wäre denkbar, dass er in die Tiefgarage zurückgekommen und seine Kollegin erschlagen hätte. Es gab für sein Dafürhalten bis jetzt zumindest keine Entlastung seiner Person. Allerdings fehlte ihm ein stichhaltiges Motiv.

Herr Mathies fuhr fort: „Und ein Mann, der spät mit seinem Hund unterwegs war, glaubt gesehen zu haben, wie eine Gestalt aus dem hinteren Eingang herausgelaufen kam."

„Eine männliche oder weibliche Gestalt?", fragte Kommissar Schrütz.

„Er konnte sich nicht festlegen. Die Gestalt trug einen dicken Mantel und eine Mütze."

Hauptkommissar Wolta dachte nach. „Das ist nicht viel. Sonst noch etwas?"

„Nein, leider nicht." Er legte die schriftlichen Ergebnisse auf dem Tisch.

Die Kommissare bedankten sich und Kollege Mathies verließ daraufhin das Büro. Kommissar Schrütz blätterte die Unterlagen durch und las die beiden Zeugenaussagen nochmals laut vor. Kopfschüttelnd legte er sie zurück auf den Tisch. Die Suche nach Augenzeugen schien kein Erfolg gewesen zu sein. Auf eine wage Aussage konnten sie nicht bauen. Und ein Phantombild erstellen, schien ganz unmöglich zu sein. Es hatte sich die Vermutung bewahrheitet, dass sich spät am Abend offenbar nicht viel auf den Straßen und in der Tiefgarage abspielte.

Nachdenklich saßen sich die beiden Kommissare gegenüber. Hauptkommissar Wolta erkundigte sich nochmals, um wieviel Uhr Kommissar Schrütz den Termin mit dem Ehepaar Homsel vereinbart hatte. Dieser blickte auf die Uhr. „Sie müssten jeden Moment da sein", sagte er. Dann begann er geschäftig das Zimmer für das Gespräch herzurichten, indem er seinen Stuhl neben den seines Kollegen postierte und aus der hinteren Ecke des Raumes zwei weitere Stühle holte und ihnen gegenüberstellte. Anschließend holte er für beide mehrere Bögen Papier sowie Kugelschreiber, die er auf den Schreibtisch legte. Hauptkommissar Wolta saß ruhig daneben und beobachtete seine Vorbereitungen.

Nachdem Kommissar Schrütz alles vorbereitet hatte, setzte er sich neben seinen Kollegen. Stumm saßen sie da und warteten. Es war für ihn jedoch unmöglich, still und untätig dazusitzen und abzuwarten. Er stand wieder auf und öffnete die Tür zum Flur. Das Ehepaar war noch nicht gekommen. Er blieb eine Weile in der geöffneten Tür stehen. Dass es praktisch keine Augenzeugen gab und die Umfrage nur zu wenig geführt hatte, beschäftigte ihn sehr. Solch einen Rückschlag hatte er nicht erwartet und er konnte damit nicht umgehen. Er hoffte inständig, dass das folgende Gespräch zielführender sein würde.

Im Flur erschien ein Kollege, der fragte, ob sie einen Termin mit einem Ehepaar Homsel hätten. Kommissar Schrütz bejahte und begrüßte anschließend einen Mann und eine Frau mittleren Alters an der Tür.

Höflich bat er sie herein und schloss anschließend die Tür. Er zeigte auf die beiden Stühle, auf denen das Ehepaar Platz nahm. Dann setzte er sich zu seinem Kollegen hinter den Schreibtisch.

Hauptkommissar Wolta bot beiden eine Tasse Kaffee oder ein Wasser an. Nachdem das gewünschte Wasser serviert war, begann Kommissar Schrütz das Gespräch: „Frau Homsel, Sie haben einen Bruder namens Anselm Pittser, ist das korrekt?"

Frau Homsel nickte.

„Dieser wurde letzten Freitag wegen Mordes zu einer lebenslangen Haftstrafe verurteilt. Er hatte letzten Oktober seinen Arbeitskollegen in einem Motel getötet."

„Warum sind wir hier?", unterbrach Herr Homsel misstrauisch. „Der Prozess ist abgeschlossen. Wollen Sie ihn wieder aufnehmen?"

„Nein, das wollen wir nicht. Bitte lassen Sie mich fortfahren. Ihr Bruder ist ein Mörder, der letzten Freitag …"

„Ist er nicht!", sagte Herr Homsel schroff. „Er ist unschuldig!"

Kommissar Schrütz stockte kurz. „Sie sagen, er ist unschuldig?"

„Es gab eine Zeugin, die erklärte, ihn zur Tatzeit zu Hause gesehen zu haben. Und nur wegen dieser Staatsanwältin wurde er doch verurteilt. Ich kenne meinen Schwager und wenn er sagt, dass er es nicht war, dann war er es nicht!"

„Richtig. Frau Staatsanwältin Aurelia Röhninger hat die Anklage geführt. Und er wurde verurteilt. Ich bin mit dem Fall im Einzelnen nicht vertraut. Der Fall Anselm Pittser ist jetzt nicht direkt unser Anliegen und auch nicht der Grund, weswegen Sie heute hier sind. Es kam nämlich zu einem weiteren Mord. Frau Röhninger wurde kurz nach dem Prozess in einer Tiefgarage erschlagen. Eventuell gibt es einen Zusammenhang zwischen den beiden Morden."

Frau Homsel schaute ihren Mann mit aufgerissenen Augen an.

„Was geht das uns an?", fragte dieser.

„Ist es wahr, dass Sie Frau Röhninger gedroht und vor ihr auf den Boden gespuckt haben?"

„Sie mieser Verbrecher!" Herr Homsel stand erbost auf. „Sie glauben, dass ich etwas mit dem Mord an dieser Staatsanwältin zu tun habe?!"

„Haben Sie?"

„Ich scheiße auf Sie!", stieß er aus. „Sie sind doch alle gleich! Wir werden Ihnen nicht den Gefallen tun und den Sündenbock für diesen Mord spielen! Sie drehen uns einen Strick draus, egal was wir jetzt sagen! Komm Regine, so was lassen wir uns nicht bieten!"

Er packte seine Frau am Arm und beide verließen aufgebracht das Büro. Kommissar Schrütz wollte ihnen nachlaufen, doch Hauptkommissar Wolta hielt ihn zurück.

Kommissar Schrütz knallte den Kugelschreiber auf das Blatt Papier und setzte sich verärgert auf den Schreibtisch. Hauptkommissar Wolta schaute nachdenklich aus dem Fenster.

Freitag früh betrat Wilhelm seine Schule mit gemischten Gefühlen. Es war sein Geburtstag, doch ihm war überhaupt nicht nach Feiern zumute. Nachdem Aurelia Montagnacht gestorben war, fand er es pietätlos mit den

Kollegen anzustoßen. Geburtstage waren ihm generell nicht so wichtig. Am liebsten wäre er alleine zu Hause geblieben mit einem guten Buch und einer Flasche Wein. Einige seiner Kollegen pflegten jedoch den Brauch, sich gegenseitig kleine Geschenke zu überreichen, was ihm sehr unangenehm war. Zum einen, weil er selbst nicht besonders einfallsreich war, zum anderen, weil er sich aus deren Aufmerksamkeiten oftmals nichts machte. Manche seiner Schüler wussten ebenso von seinem Geburtstag und würden bestimmt, wie im Vorjahr, einige Kleinigkeiten für ihn auf dem Pult zurechtlegen.

Nun öffnete er die schwere Tür und stieg die Treppe hinauf in den ersten Stock. Kaum hatte er die Tasche an seinem Platz im Lehrerzimmer abgestellt, war es Paula, die ihm als erste um den Hals fiel. Sie war in seiner Klasse die Mathe- und Englischlehrerin. Überschwänglich drückte sie ihn und flüsterte ihm die liebsten Glückwünsche ins Ohr. Als Geschenk überreichte sie ihm mit einem etwas mitleidigen Blick einen Beruhigungs- und Nerventee. „Für die kommenden Tage, die bestimmt nicht einfach für dich sein werden." Sie strich ihm über den Arm. Wie passend, fand Wilhelm und zwang sich zu einem Lächeln.

Gleich darauf kam Carsten zu ihm, der ihm ein kleines Päckchen mit den Worten: „Nervennahrung" überreichte. Wilhelm packte es aus. Es waren Pralinen. Die Sorte mit Nougatfüllung mochte er sehr gerne.

Loretta, die eine hingebungsvolle Kunstlehrerin und bekannt für ihre esoterische Lebenseinstellung war, schwebte zu ihm hinüber und überreichte ihm ein selbstgemaltes Mandala mit einem Päckchen Räucherstäbchen. Hierüber sollte er meditieren und so zu einer tieferen Erkenntnis über den Sinn der in seinem Leben geschehenen Schicksalsschläge gelangen.

„Ah, ja", bedankte sich Wilhelm und legte die beiden Gaben zu den Pralinen und dem Tee. Er schaute zu seinen anderen Kollegen, die sich in der Zwischenzeit eingefunden und in einem Halbkreis um ihn herum aufgestellt hatten. Unsicher räusperte er sich und begann eine Ansprache: „Ich danke Euch für Eure kleinen Geschenke und ich bin wirklich sehr gerührt über Eure Glückwünsche. Aber ich möchte keine große Sache aus meinem Geburtstag machen. Ihr wisst, meine Schwester wurde ermordet und mein Vater starb vor nicht allzu langer Zeit. Ich fühle mich heute nicht bereit, zu feiern. Ich bin sehr traurig und hoffe, dass Ihr mir das nachsehen werdet."

Seine Kollegen reagierten sehr verständnisvoll. „Lasst uns einfach unsere Arbeit machen und vielleicht holen wir das irgendwann einmal nach", beendete Wilhelm seine kleine Rede.

Jeder wandte sich nun seinen Unterrichtsvorbereitungen zu, als die Sekretärin Frau Kontratsch in das Lehrerzimmer trat. Sie hielt ein Päckchen in der Hand, das sie Wilhelm überreichte. Es sei gestern Nachmittag mit der Post gekommen. Eine leise Melodie summend, verließ sie wieder den Raum und ging zurück in ihr Büro. Wilhelm öffnete das Päckchen. Es waren Pralinen darin, die er zu den anderen auf seinen Tisch stellte.

Die Glocke schrillte und Wilhelm nahm seine Tasche. Er hatte eine Doppelstunde Deutsch in einer achten Klasse vor sich. Dort war er Klassenlehrer und mit den Schülern sehr vertraut. Das Klassenzimmer befand sich im dritten Stock. Als Wilhelm die Tür öffnete, ertönte ein schräges `Happy Birthday´. Die Schüler waren aufgestanden und sangen aus voller Kehle. Er konnte sich ein Lächeln nicht verkneifen. Er blieb in der Tür stehen und hörte sich die Gesangskunst an. Als er schließlich auf sein Pult sah, lagen dort einige kleine verpackte Geschenke. „Aufmachen!", riefen einige, nachdem das Lied gesungen war. Willig öffnete er die Präsente. Es waren Duftkerzen, Schokoladen und ebenso Pralinen. Wilhelm schluckte. Er war gerührt von der Zuneigung seiner Schüler. Jedoch erklärte er, dass er in diesem Jahr keine Geschenke mitgebracht hatte und auch nicht in der Stimmung sei. Er blickte zu Boden. Da die Schüler bereits vom gewaltsamen Tod seiner Schwester wussten, wurden sie ganz leise und andächtig, während er sprach. „Lasst uns einfach so tun, als wäre ein normaler Tag und uns der Gedichtinterpretation zuwenden. Also, Hefte heraus und die Hausaufgaben auf den Tisch!"

Die Doppelstunde verlief zufriedenstellend. Mit Goethes Gedicht `An den Mond´, konnten seine Schüler heute nur wenig anfangen. Aber der Ideenreichtum mancher freute ihn sehr. Er packte seine Tasche und die Geschenke zusammen und verließ das Klassenzimmer.

Im Lehrerzimmer legte er alles auf seinem Tisch ab. Er hatte nun eine Freistunde, die er für gewöhnlich mit Paula zusammen verbrachte. Er hatte nur wenig gefrühstückt. Also öffnete er eine Pralinenpackung und steckte sich gleich zwei Pralinen in den Mund.

Dann setze er sich zu Paula an deren Tisch. Sie unterhielten sich angeregt über Goethes und Shakespeares Lebenswerk im Vergleich, als sich Wilhelm an den Kopf fasste.

„Ist alles in Ordnung?", fragte Paula.

„Ich habe plötzlich Kopfschmerzen. Ich weiß auch nicht, aber mein Kopf tut weh. Das ist total untypisch. Das habe ich sonst nie."

„Möchtest du eine Kopfschmerztablette?", bot sie ihm an.

Er bedankte sich, aber wollte lieber keine.

Dann, keine zwei Minuten später, hielt er sich den Bauch. Er stieß ein Stöhnen aus. „Mir ist übel", klagte er. „Mir ist total übel!"

Er stand auf und konnte nicht an sich halten. Würgend übergab er sich auf den Boden des Lehrerzimmers.

„Wilhelm, was ist mit dir?", sorgte sich seine Kollegin, während sie ihn stützte.

Sein Körper krampfte. Die Frequenz seines Atems wurde schneller.

„Was ist mit dir? Wilhelm! Warum ist denn niemand hier?" Hilflos blickte sie sich im Lehrerzimmer um. „Was soll ich denn tun? Ein Arzt ... ich hole einen Arzt, Wilhelm!"

Sofort nahm sie ihr Handy und setzte einen Notruf ab. Wieder übergab sich Wilhelm. Die Tür öffnete sich und Frau Kontratsch kam herein. Sie holte sofort, nachdem sie gesehen hatte, was geschehen war, einen Putzeimer und einen Lappen und begann das Erbrochene aufzuwischen. Immer wieder sprach sie ihm gut zu. Paula, die mit dem Anruf fertig war, kümmerte sich um Wilhelm, der angstvoll seine Augen aufriss und nun heftiger amtete. Immer wieder krampfte sein Körper. Sie musste ihn stützen, weil ihm schwindelig war und er sich nur schwer von sich aus aufrecht halten konnte.

Keine zehn Minuten später kamen zwei Rettungssanitäter. Als der eine Wilhelm untersuchte, fiel ihm sofort ein bitterer Mandelgeruch auf, nach dem sein Atem roch. „Wir dürfen keine Zeit verlieren", wies er seinen Kollegen an. In Windeseile wurde Wilhelm in den Krankenwagen gelegt. Sie würden die Polizei verständigen müssen. Paula, der Rektor und einige andere Kollegen, die in der Zwischenzeit dazugestoßen waren, wurden angehalten so lange zu warten, bis die Polizei da war. Wilhelms persönliche Sachen durften nicht angerührt werden. Dann verließ der Krankenwagen mit Blaulicht das Schulgelände.

Eine Viertelstunde später traten zwei Polizisten in das Lehrerzimmer. Paula war total aufgelöst und wurde gerade von Loretta getröstet. Der Rektor, Herr Münster, zeigte auf Paula. Sie hatte die Freistunde mit Herrn Röhninger verbracht und war dabei, als es passierte. Sogleich musste Paula Rede und Antwort stehen.

„Frau Ritscher", begann der kleinere von beiden, „Sie waren dabei, als sich Herr Röhningers Gesundheitszustand plötzlich veränderte?"

Paula nickte. Sie beschrieb in Einzelheiten, was sich nacheinander ereignet hatte.

„Können Sie mir sagen, was Herr Röhninger kurz davor zu sich genommen hatte? Ein Getränk oder etwas Bestimmtes zu essen?"

Paula dachte nach. „Es ist sein Geburtstag heute. In meiner Anwesenheit aß er nur zwei dieser Pralinen hier." Sie zeigte auf die geöffnete Schachtel auf seinem Tisch. „Sonst nichts."

Der größere Polizist nahm die Schachtel und begutachtete die Pralinen. Er stecke sie in eine Tasche. „Wir werden die Pralinen im Labor untersuchen."

„Von wem hat Herr Röhninger diese Pralinen geschenkt bekommen?", fuhr der Kleinere fort.

„Ich weiß es nicht. Sehen Sie. Gestern kam ein Päckchen mit der Post. Da waren Pralinen drin, die er vorhin auspackte. Und von seiner Klasse hatte er Süßigkeiten, Schokolade und eben auch Pralinen geschenkt bekommen. Ich kann Ihnen aber nicht sagen, von wem welche sind. Das weiß ich nicht."

„Wo ist die Verpackung des Päckchens jetzt?"

Paula zeigte auf den Mülleimer, aus dem der eine Polizist anschließend den Karton herausholte. Ein

Absender war nicht darauf. Der Stempel besagte, dass es im Briefzentrum Bruchsal aufgegeben worden war.

„Sonst hat Herr Röhninger nichts gegessen oder getrunken, sind Sie sich sicher?"

Paula nickte. In ihrer Gegenwart nicht. Was davor geschehen war, das wusste sie allerdings nicht.

„Können Sie uns sagen, was mit Herrn Röhninger passiert ist?", fragte nun Rektor Münster.

„Herr Röhninger wurde vergiftet. Mit Blausäure."

Die Frage nach dem Motiv beschäftigte Kommissar Schrütz sehr, seitdem sie von Wilhelm Röhningers Vergiftung gehört hatten. Da Wilhelm und Aurelia Geschwister waren und nun beide einer Gewalttat zum Opfer gefallen waren, wurden er und Hauptkommissar Wolta natürlich sofort informiert. Immer wieder schüttelte er den Kopf. Er sah keine Gemeinsamkeit, nichts, was die beiden Verbrechen miteinander verband.

Dass Wilhelm selbst unvorsichtigerweise oder aus Unwissenheit Blausäure geschluckt haben könnte, schloss er aus. Nun saßen sie in einem Büro im Städtischen Klinikum Karlsruhe und warteten auf den behandelnden Arzt. Von ihm würden sie genauere

Informationen über Wilhelms Gesundheitszustand bekommen.

„Könnte es sein", dachte Kommissar Schrütz laut nach, „dass diese Reichsengel-Gruppe so perfide ist, nun als Rache die gesamte Familie Röhninger auslöschen zu wollen? Einen nach dem anderen?"

„Möglich", überlegte Hauptkommissar Wolta.

„Man weiß nicht, welche Dynamik in so einer Gruppierung herrscht. So etwas könnte leicht zum Selbstläufer werden. Das gleiche gilt natürlich auch für Herrn Homsel. Einen vertrauenswürdigen Eindruck hat er nicht auf mich gemacht."

Hauptkommissar Wolta sagte nichts. Es wurde still.

„Die Art und Weise, wie der Mord und der Anschlag verübt worden sind, passt auch nicht richtig zusammen. Das ist nicht die gleiche Handschrift, finden Sie nicht auch? Da wird eine Frau von hinten mit einer schweren Eisenstange erschlagen und dann im nächsten Moment ein Mann mit Blausäure vergiftet? Es scheint so, als ob es sich hier um zwei Täter handeln könnte." Wieder schüttelte er den Kopf.

Hauptkommissar Wolta blickte zur Tür. Diese öffnete sich und ein grau melierter Arzt trat ein. Er reichte den Kommissaren die Hand: „Brutscher, mein Name."

Nachdem sich auch die Kommissare vorgestellt hatten, begann jener: „Herr Röhninger hatte Glück im Unglück. Wir konnten ihn retten. Sein Zustand ist stabil. Ob seine Organe durch die Vergiftung geschädigt wurden, müssen wir noch untersuchen. Wenn nicht, dann könnte er die Vergiftung ohne Langzeitschäden überstehen."

„Könnten wir mit ihm sprechen?"

„Momentan ist er nicht ansprechbar. Er ist sehr schwach und wird die nächsten Tage zur Beobachtung bei uns bleiben."

„Das Gift war laut des Laborberichts in den Pralinen. War es eine tödliche Dosis, die Herr Röhninger zu sich genommen hatte?", fragte Hauptkommissar Wolta.

„Sagen wir mal so. Wenn er mehrere Pralinen auf einmal gegessen hätte, dann mit Sicherheit. Er hatte auch großes Glück, dass sofort ein Arzt verständigt wurde. Denn bei einer Blausäurevergiftung zählt jede Minute. Ohne medizinische Behandlung hätte er die Vergiftung vielleicht nicht überlebt."

Eine Ärztin betrat das Zimmer. Aufgeregt bat sie Herrn Brutscher mit ihr mitzukommen. Ein schwieriger Notfall sei soeben eingeliefert worden. Jener entschuldigte sich bei den Kommissaren. Er müsse sofort in die Notaufnahme eilen.

„Wir danken Ihnen für Ihre Einschätzung", sagte Hauptkommissar Wolta. „Geben Sie uns bitte Bescheid, sobald wir mit ihm reden können."

Der Arzt nickte und alle verließen das Büro.

Während sie die Treppen zum Ausgang hinunterliefen, sagte Kommissar Schrütz: „Hätte er die Pralinen alleine zu Hause gegessen, dann wäre er gestorben."

„Richtig."

„Wir müssen herausfinden, von wem die besagten Pralinen waren. Wer hat das Päckchen in Bruchsal aufgegeben?"

„Wenn es die Pralinen aus dem Päckchen waren", wandte Hauptkommissar Wolta ein. „Es könnten auch die anderen gewesen sein. Diese hätte jeder in der Schule auf seinen Platz legen können. Selbst ein Schüler könnte sie ihm überreicht haben."

Entgeistert schaute Kommissar Schrütz auf: „Das heißt, es könnte jeder gewesen sein?"

„Jeder Kollege oder jeder Schüler, richtig."

Sie öffneten die Tür und liefen zu ihrem Wagen. Auf die Frage, was sie nun tun sollten, antwortete Hauptkommissar Wolta: „Wir werden die Mutter aufsuchen und mit ihr sprechen."

Ungläubig schaute Kommissar Schrütz drein. Er verstand nicht, wie ihnen die Mutter in dieser Situation weiterhelfen könnte. Sollten sie nicht zuerst Wilhelms Kollegen und Schüler sprechen oder die Alibis von Herrn Homsel und den Reichsengeln untersuchen? Hauptkommissar Wolta blieb stehen. Natürlich würden sie dies alles tun. Zur rechten Zeit. Jetzt interessiere ihn allerdings die Mutter am meisten. „Vielleicht weiß sie von Zusammenhängen, die uns bis jetzt noch unbekannt sind? Wir werden sehen. Wichtig ist jetzt noch nicht das `Wer´, sondern in erster Linie das `Warum´. Wir können noch nicht sagen, wer es war, aber wir können versuchen zuzuhören und die übergeordneten Zusammenhänge zu verstehen." Väterlich lächelte er seinen jungen Kollegen an.

6

„Wie, sie sind weg?", Bertrams Gesichtszüge entgleisten.

„Ich weiß nicht, wie das passieren konnte", entschuldigte sich Herta. „Nachdem ich sie mir das letzte Mal angeschaute hatte, habe ich sie zurück in den Safe gelegt."

Bertram konnte nicht an sich halten: „Das kann nicht sein! Du wirst sie irgendwo hingelegt haben und jetzt erinnerst du dich nicht mehr daran, wo!"

„Nein, ich habe sie zurückgelegt!"

Erbost stand er auf und eilte die Treppe hinauf ins Arbeitszimmer. Herta lief ihm nach. „Öffne den Safe!", befahl er.

Herta klappte das Bild zur Seite und gab die Zahlenkombination ein. Bertram stieß sie zur Seite, um selbst hineinschauen zu können. Der Safe enthielt nur mehr ein Testament und einige andere Dokumente. Die gesuchte Mappe lag nicht darin. Er ging einen Schritt zurück, setzte sich auf die Schreibtischplatte. Mit geschlossenen Augen und angestrengter Stimme fragte er: „Wo warst du mit den Unterlagen? Hast du mit ihnen das Haus verlassen?"

„Aber nein. Ich habe nicht einmal dieses Zimmer verlassen! Bitte, du musst mir glauben!"

„Wie kann ich das?", zischte er sie an. „Millionen! Viele Millionen von Euro gehen uns verloren, wenn wir diese Formel nicht wiederfinden!" Er begann die Schreibtischschubladen aufzureißen und den Inhalt panisch zu durchsuchen. Mit sarkastischem Unterton fuhr er fort: „Oder was meinst du, Mutter? Sollen wir das Labor bitten, uns die geheime Zusammensetzung nochmals zukommen zu lassen, weil wir unachtsam waren und sie verloren haben?! Nachdem wir bereits zwei Millionen Euro dafür bezahlt haben? Natürlich können wir das nicht! Die lachen sich eins ins Fäustchen und denken, wir sind bescheuert! Wie kannst du sie verloren haben?!"

Auch Herta sprach nun in einem scharfen Ton: „Ich habe sie nicht verloren! Wie kannst du das annehmen und wie sprichst du überhaupt mit deiner Mutter!"

Bertram fasste sich an den Kopf: „Und du sagst, du willst die Firma weiterführen. Das glaube ich nicht. Du bist ja nicht mal im Stande, auf unsere wichtigste Zukunftsinvestition aufzupassen! Was sollte man dir anvertrauen können?"

„Mäßige deinen Ton! Es wird sich eine Lösung finden. Die Patentanmeldung ist erst nächste Woche. Bis dahin werden wir die Unterlagen wiederfinden."

„Ich glaube dir kein Wort."

Bertram ließ seine Mutter stehen und verließ enttäuscht den Raum. Als er die Haustür öffnete, stieß er mit den beiden Kommissaren zusammen. „Entschuldigen Sie bitte", raunte er im Vorbeigehen. Noch bevor er in seinen Mercedes einsteigen konnte, fragte ihn Kommissar Schrütz: „Herr Röhninger, bitte eine Frage.

Sie haben von dem Giftanschlag auf ihren Bruder gehört?"

„Ja, schlimme Sache."

„Waren Sie oder Ihre Frau vor kurzem hier in Bruchsal zu Besuch bei Ihrer Mutter?"

„Nein, wieso fragen Sie danach? Wir waren seit Vaters Beerdigung nicht mehr hier. Bruno und Victoria wohnen hier in Bruchsal, aber mit denen haben wir wenig zu tun. In diese Ecke kommen wir selten."

„Verstehe. Dann wollen wir sie nicht länger aufhalten." Bertram schloss die Autotür und fuhr aus der Einfahrt hinaus. Die beiden Kommissare schritten in die Halle des Hauses und sahen, wie Herta, sichtlich betroffen, die Treppe hinunter gelaufen kam.

„Frau Röhninger, die Tür war offen, wir haben uns erlaubt einzutreten."

Herta versuchte zu lächeln und bat die Kommissare ins Wohnzimmer. Sie rief nach Maria, doch niemand antwortete. „Wo steckst sie nur wieder? Dieses junge Ding! Nun, was kann ich Ihnen anbieten?"

Die Kommissare lehnten dankend ab.

„Wie kann ich Ihnen weiterhelfen?"

„Es tut uns sehr leid, was Ihrem Sohn Wilhelm passiert ist", begann Hauptkommissar Wolta feinfühlig. „Aber er ist auf dem Weg der Besserung und in einem stabilen Zustand."

„Ja, ich habe mit dem Arzt gesprochen."

„Können Sie sich vorstellen, wer Ihrem Sohn das angetan haben könnte? Hatte er Feinde? Vielleicht in der Schule?"

Herta dachte nach. Leicht schüttelte sie den Kopf. Sie konnte es sich nicht erklären. Wilhelm war stets ein verträglicher Mensch, der mit allen gut zurechtkam. Er war auch immer ein engagierter Lehrer gewesen mit eigenen Visionen. „Es war bestimmt kein Schüler oder Kollege. Das kann ich mir nicht vorstellen."

„Ihr Sohn Bertram verließ aufgebracht das Haus", wechselte Hauptkommissar Wolta das Thema. „Können Sie uns sagen, worum es in Ihrem Gespräch ging?"

Herta blickte auf. Eigentlich wollte sie mit den Kommissaren nicht über die Firma und den Verlust der Mappe reden. Aber sie entschied sich entgegen dieses Vorsatzes, ehrlich zu sein und offen mit ihnen zu sprechen. Die Kommissare würden sowieso Untersuchungen anstellen. „Es ging um die Firma."

„Ja?"

„Bertram hat die Geschäftsführung und ich ... ich bin die Eigentümerin. Alles, was unternommen wird, läuft über meinen Tisch. Es ist ein hart umkämpfter Markt. Und jeder versucht eine neue Idee oder ein neues Produkt zu entwickeln und zu verkaufen. Und dies am besten noch vor den anderen Konkurrenten. Es ist ein Wettlauf und nur der schnellste und beste gewinnt. Sehen Sie, wir haben ein neues Produkt entwickelt, einen Schlankheitstrunk, der die Fettverbrennung beschleunigt ohne in den Hormonhaushalt einzugreifen. Er hat praktisch keine unerwünschten Nebenwirkungen. Das ist ein unglaublicher Fortschritt! Von solch einem Trunk träumen Millionen von Menschen! Wenn wir das Produkt auf dem Markt einführen, wird uns das sehr viel Geld einbringen. Nächste Woche soll das Patent angemeldet werden. Nun haben wir ein Problem. Die Unterlagen mit der geheimen Zusammensetzung sind aus dem Safe verschwunden. Deswegen ist mein Sohn aufgebracht: Er glaubt, es ist meine Schuld."

„Aber Sie haben den Safe bestimmt nicht offengelassen?"

„Nein, natürlich nicht."

„Wer wohnt alles in diesem Haus?"

„Nun, ich, meine Haushälterin Maria und mein Chauffeur Arnold."

Hauptkommissar Wolta dachte nach: „Sagen Sie, der Chauffeur, wie lange arbeitet er schon für Sie?"

„Etwa eineinhalb Jahre, würde ich sagen."

„Und ist er integer Ihrer Meinung nach?"

„Ja, er ist der Familie gegenüber ganz und gar loyal. Ein wunderbarer junger Mann."

„Verstehe. War in der letzten Zeit Besuch im Haus, Freunde oder Bekannte?"

Herta schüttelte den Kopf. „Nach der Beerdigung kamen einige, um zu kondolieren. Aber zu dem Zeitpunkt waren die Unterlagen noch da. Sie müssen in der letzten Woche entwendet worden sein und da kam niemand Fremdes ins Haus. Außer Bruno und Victoria natürlich. Sie haben mich einmal besucht."

Hauptkommissar Wolta bat, das Arbeitszimmer und den Safe begutachten zu dürfen. Herta willigte ein und führte sie in den oberen Stock. Sie öffnete den Safe. Hauptkommissar Wolta inspizierte ihn und schaute anschließend aus dem Fenster. Efeu rankte an der Hauswand empor. „Es wäre prinzipiell möglich, hier hoch zu klettern, den Safe zu öffnen und mit den Unterlagen auf dem gleichen Weg wieder zu verschwinden. Wer kennt die Zahlenkombination?"

„Nur ich kenne sie. Niemand sonst."

Dies stellte den Hauptkommissar vor ein Rätsel. Wenn sie den Safe nicht offengelassen hatte, dann konnte er sich den Diebstahl vorerst nicht erklären.

„Gibt es jemand, der dem Familienunternehmen schaden möchte? Neider oder Konkurrenten vielleicht?"

Herta setzte sich auf den Stuhl an ihren Schreibtisch. Sie bat auch die Kommissare Platz zu nehmen. „Sehen Sie, ich kann mir nicht wirklich vorstellen, dass es jemanden gibt, der uns schaden möchte. Konkurrenten gibt es natürlich einige, das brauche ich Ihnen nicht zu sagen. Aber unser Unternehmen hat eine Geschichte. Ich werde sie Ihnen erzählen. Vor ungefähr 30 Jahren hatte mein Mann Maximilian einen Geschäftskollegen. Rüdiger Rittam hieß er. Beide hatten eine Vision von einem Drogeriemarkt, der nach und nach Deutschland und vielleicht die Welt erobern sollte. Und beide hatten ihr gesamtes Vermögen in die Idee eingebracht. Doch diverse Meinungsverschiedenheiten führten schnell zu einer heftigen Auseinandersetzung. Rüdiger wurde von Maximilian praktisch auf die Straße gesetzt, ohne eine finanzielle Wiedergutmachung zu erhalten. Mir tat das sehr leid für ihn. Wer hätte damals gedacht, dass die Vision Wirklichkeit werden und unser Drogeriemarkt tatsächlich zu einem beachtlichen Unternehmen heranwachsen würde. Nun, Rüdiger kam nie wieder auf die Füße, während wir immer wohlhabender wurden.

Ich kann es mir nicht vorstellen, aber wenn uns jemand schaden wollte, dann wäre es vielleicht seine Familie, die uns den Wohlstand neidet."

„Wie alt müsste heute dieser Rüdiger Rittam sein?"

„Oh, er ist bestimmt nicht mehr am Leben. Er war viel älter als wir."

Die Kommissare schauten sich an. Sie hatten den gleichen Gedanken. Kommissar Schrütz fragte: „War Herr Rittam verheiratet?"

Herta erinnerte sich: „Ja, er hatte eine Frau, Margarete hieß sie. Sie war viel jünger als er. Ich mochte sie gerne. Natürlich brach der Kontakt dann ab."

„Hatten die beiden Kinder?"

„Auch das ist eine traurige Geschichte. Sie hatte zwei Totgeburten erlitten. Aber die beiden hatten nie aufgegeben. Ich glaube mich zu erinnern, dass sie ein Kind bekommen hatte, kurz bevor es zu der Auseinandersetzung kam. Ob es heute noch lebt, weiß ich nicht."

„Das war vor 30 Jahren, sagen Sie?"

Herta bestätigte. Die Zeit verrann schnell. Viel zu schnell, dachte sie. Da hörten sie, wie im unteren Stock die Haustür geöffnet wurde. „Maria?", rief Herta.

„Ja", ertönte eine Stimme. „Ich komme gleich!"

In der geöffneten Arbeitszimmertür sahen Herta und die beiden Kommissare, wie Maria schnell die Treppe hoch in ihr Zimmer rannte. Wenige Augenblicke später stand sie schwer atmend bei ihnen im Zimmer. „Sie haben gerufen?"

„Wo warst du denn?"

„In der Stadt, ich habe mir ein neues Kleid gekauft."

„Ah ja", erwiderte Herta, „Ich möchte gerne einen Kaffee trinken. Die Herren bestimmt auch."

Hauptkommissar Wolta bedankte sich für die Einladung, lehnte aber ab. Sie wollten gleich noch Bruno und Victoria einen Besuch abstatten. Herta verstand und begleitete sie nach unten. In der Eingangshalle erregte etwas auf dem Boden Liegendes Hauptkommissar Woltas Aufmerksamkeit. Er bückte sich und hob es auf. Es war ein rotes Blütenblatt. Er roch daran. Dann schaute er seinen Kollegen an. Sie bedankten sich anschließend bei Herta und verabschiedeten sich höflich.

Nachdem Hauptkommissar Wolta die Klingel betätigt hatte, öffnete Victoria die Tür. Sie war schweißgebadet und trug ein schwarzes Trikot. Außer Atem begrüßte sie die beiden Kommissare. „Kommen Sie herein. Aber wundern Sie sich bitte nicht. Ich trainiere gerade und habe den Tisch zur Seite geschoben. Sie nahm sich ein Handtuch und legte es um die Schultern. Im Wohnzimmer stehend fragte sie: „Sie wollen bestimmt Bruno sprechen. Aber er ist nicht da."

„Wo ist er denn jetzt gerade?"

„Ich glaube, er ist spazieren gegangen. Das macht er immer, wenn er eine neue Rolle lernt. Da wiederholt er seinen Text. Ich nutze dann die Zeit und mache meine Übungen, um fit zu bleiben."

„Was meinen Sie, wie lange es dauern wird, bis er wieder zurückkommt?"

Victoria blickte auf die Uhr. Sie konnte nicht genau sagen, wann er wiederkommen würde. Für gewöhnlich blieb er bis in den Abend hinein fort, meinte sie, während sie begann, ihr Sprunggelenk zu dehnen. „Wir hängen nicht so sehr aufeinander, wissen Sie? Nicht wie so viele andere hier."

Hauptkommissar Wolta wunderte sich. Auf die Frage, wie lange sie schon als Paar zusammenlebten, stellte sie sich gerade hin und überlegte: „Etwas über zehn Jahre, schätze ich. Wissen Sie, wir sind ständig in Bewegung. Mal hier und mal dort. Erst seit wenigen Jahren leben wir gemeinsam hier in Bruchsal in dieser Wohnung."

„Und wie ist es hier in der Kleinstadt?"

„Bürgerlich ist es hier … und gewöhnungsbedürftig."
Sie lächelte ihn an. „Aber nicht schlecht."

Hauptkommissar Wolta nickte. Da sah er einige Bilder
an der Wand, auf der Victoria als Tänzerin abgebildet
war. Er deutete auf ein Bestimmtes: „Schwanensee?",
fragte er.

„Ja, das war Schwanensee." Stolz schaute sie ihn an.
„Das war vor einigen Jahren an dem Royal Opera House
Covent Garden. Es war praktisch der Höhepunkt meiner
Karriere. Ich war für eine Spielzeit im Ballettensemble
fest engagiert."

„Das muss ein überwältigendes Gefühl gewesen sein",
mutmaßte Hauptkommissar Wolta.

„Ja, das war es."

„Und warum haben Sie Ihre aktive Karriere beendet?"

„Na, ja, das war nicht ganz freiwillig." Sie zeigte auf ihr
linkes Sprunggelenk. „Ich zog mir während einer Probe
eine Verletzung zu. Ein komplizierter Bruch. Das war es
dann. Ich konnte nicht mehr weitertanzen. So bin ich
hierhergekommen und habe mir überlegt, was ich
machen könnte. Es ist nicht so einfach seinen Platz zu
finden, wenn man seine Leidenschaft nicht mehr leben
kann. Irgendwann habe ich dann mein Studio eröffnet,

denn unterrichten kann ich ja schließlich noch. Es ist wenigstens etwas, das mit Tanzen zu tun hat, auch wenn ich selbst nicht mehr auf der Bühne stehen kann."

„Und wie läuft es?"

„Gut, ich kann nicht klagen. Bei meiner Vita kommen die jungen Mädchen in Scharen. Ballett gehört zu einer guten Erziehung, wie ich finde. Ich habe ein paar vielversprechende Talente, die es vielleicht einmal auf die Bühne schaffen könnten. Aber die meisten sind zu faul, wenn Sie mich fragen und haben keinen Biss. Na, ja, die Erfüllung ist es nicht, aber ich kann die Miete zahlen."

Hauptkommissar Wolta hörte Bitterkeit aus ihren Worten. Sie war vielleicht zufrieden, aber glücklich war sie wohl nicht. „Ich danke Ihnen. Wir werden nicht warten, bis ihr Mann wieder…"

„Freund", unterbrach sie ihn. „Wir sind nicht verheiratet."

„Verzeihung, ich vergaß … bis Ihr Freund wieder zurückkommt." Er reichte ihr die Hand. Anschließend verließen die Kommissare die Wohnung.

Am nächsten Morgen betraten die beiden Kommissare das Schulgebäude der Uhland-Realschule. Nachdem sie sich bis zum Rektorat durchgefragt hatten, warteten sie, bis der Schulleiter für sie Zeit hatte. Die Sekretärin Frau Kontratsch servierte zwei Tassen heißen Kaffee. Während des Wartens beobachteten sie das Treiben auf den Gängen. Es war gerade Pause und die Lehrer und Schüler wechselten die Klassenzimmer. Nachdem sich im Schulgebäude alles beruhigt hatte, kam schließlich Herr Münster auf sie zu. Er entschuldigte sich für die Verspätung. Ein Schüler hatte wegen Fehlverhaltens einen Verweis erhalten und er musste noch mit den uneinsichtigen Eltern telefonieren. Nachdem sie im Rektorat Platz genommen hatten, stellte Kommissar Schrütz seine erste Frage: „Herr Münster, können Sie uns sagen, welchen Stand Herr Wilhelm Röhninger bei seinen Kollegen und in der Schülerschaft hat?"

Herr Münster überlegte: „Ich kann Ihnen da keine eindeutige Antwort geben. Herr Röhninger war allseits beliebt, würde ich sagen. Doch er war sehr zurückhaltend. So wie ich ihn kennengelernt habe, blieb er stets etwas verschlossen. Er trug sein Herz nicht auf der Zunge, wenn Sie verstehen, was ich meine."

„Könnten Sie sich vorstellen, dass ein Kollege oder gar ein Schüler den Giftanschlag verübt haben könnte?"

„Das kann ich nicht ausschließen, aber Ihre Idee scheint mir doch sehr waghalsig. Vielleicht würde ein Schüler einen Streich spielen wegen einer schlechten Note. Aber einen Anschlag, der tödlich hätte enden können? Nein, das traue ich keinem Schüler zu. Und den Kollegen mit Sicherheit auch nicht."

„Gab es denn einen Konflikt zwischen ihm und einem Schüler oder einer Schülerin?", hakte Kommissar Schrütz nach.

Herr Münster überlegte: „Letztes Schuljahr musste ein Schüler die Klasse wiederholen, weil er unter anderem im Fach Deutsch im Zeugnis ein `Ungenügend´ bekommen hat. Aber so etwas passiert. Das ist alltäglich in einer Schule und bestimmt kein Mordmotiv."

„In welcher Klasse war das?"

„Er musste die siebte Klasse noch einmal wiederholen. Damals war Herr Röhninger der Fachlehrer in Deutsch. Ich erinnere mich noch gut daran, weil ich sehr viele Elterngespräche führen musste."

Auf die Frage, ob sie einen Blick in die Klassenlisten werfen dürften, bat sie der Rektor ins Sekretariat. Er wies Frau Kontratsch an, die Klassenlisten auszudrucken und ihnen auszuhändigen. Nach etwa 15 Minuten überreichte sie ihnen acht Klassenlisten der Lerngruppen, die Wilhelm in diesem Schuljahr unterrichtete. Die Kommissare teilten sich die Listen auf und jeder vertiefte sich in das Studium dieser. Wilhelm war Deutsch- und Geschichtslehrer. Er hatte zwei

Lehraufträge in Deutsch und sechs in Geschichte. Kommissar Schrütz schaute zuerst in die siebte Klasse mit dem von Herrn Münster genannten Schüler, der die Klasse wiederholen musste. Doch hier stachen ihm keine Auffälligkeiten ins Auge. Er legte die Liste zur Seite. Hauptkommissar Wolta hatte die Listen der fünften und sechsten Klassen in der Hand, bei denen er ebenso nichts Wichtiges erkennen konnte. Es stand kein auffälliger Name darin, der Grund zur Annahme gab, mit dem Mord oder dem Giftanschlag in Verbindung zu stehen. Nachdem Kommissar Schrütz die letzte Liste in die Hand genommen hatte, raunte er. Es war die achte Klasse, in der Wilhelm der Klassenlehrer war. Er las einen Namen laut vor: „Lars Homsel". Dann schaute er zu Hauptkommissar Wolta. „Jetzt haben wir dich!", flüsterte Kommissar Schrütz. Der Name Homsel war sehr selten. Er war ihm vor diesem Fall noch nie untergekommen. Die Wahrscheinlichkeit, dass es sich um einen anderen Homsel handeln könnte, als den ihnen Bekannten, war sehr gering. Kommissar Schrütz stand auf und fragte umgehend Frau Kontratsch, wie sie herausfinden könnten, ob ein Schüler an einem bestimmten Tag anwesend war oder gefehlt hatte. Sie verwies auf die Klassenbücher, in denen die Fehltage vermerkt wurden. Auf die Frage, ob Frau Kontratsch ihnen das Klassenbuch der achten Klasse bringen könnte, schaute diese auf der Stundentafel nach, wo sich die Klasse momentan befand. Anschließend versprach sie, das Klassenbuch umgehend zu holen.

„Das könnte die Verbindung sein, nach der wir die ganze Zeit gesucht haben", sagte Kommissar Schrütz. „Wenn dieser Lars Homsel tatsächlich der Sohn wäre, dann könnten ihm der Vater oder die Mutter die vergifteten Pralinen untergeschoben haben. Er überreichte sie seinem Lehrer und dieser stirbt daraufhin an einer Vergiftung. So zumindest der Plan." Er rieb sich die Hände. „Herr Homsel und seine Frau müssen von Hass zerfressen sein, wenn sie aus Rache gleich zwei Menschenleben vernichten wollten."

Frau Kontratsch eilte zurück. Sie übergab ihnen das Klassenbuch der achten Klasse. Kommissar Schrütz schlug den besagten Tag auf. Er fuhr mit dem Finger die fehlenden Schüler nach. Lars Homsel war nicht aufgeführt, was bedeutete, dass er in der Schule gewesen sein musste. Er blickte zu Hauptkommissar Wolta. „Wir werden uns den Jungen vornehmen. Jetzt gleich."

Beide standen auf. Nachdem sie nach dem Weg gefragt hatten, machten sie sich auf in die achte Klasse. Paula Ritscher unterrichtete gerade Englisch, als die Kommissare anklopften. „Come in!", rief sie. Die Tür öffnete sich und Paulas Lächeln fror ein. Nachdem sich die Kommissare ausgewiesen hatten, baten sie Lars Homsel, mit ihnen zu kommen. Dieser war ein untersetzter, kleingewachsener Junge. „Nun, komm mal mit!", befahl Kommissar Schrütz. Die drei liefen zurück zum Rektorat. Dort angekommen öffnete ihnen Frau Kontratsch ein Besprechungszimmer.

Kommissar Schrütz begann das Verhör: „Du hast einen Onkel, der Anselm Pittser heißt."

Lars Homsel nickte. „Ja, das ist mein Patenonkel."

„Und dieser wurde wegen Mordes verurteilt. Deine beiden Eltern waren im Gericht und haben der letzten Verhandlung mit der Urteilsverkündung beigewohnt. Wusstest du das?"

„Ja."

„Warst du auch mit dabei?"

„Nein, ich durfte nicht mit. Mutter sagte, ich wäre noch zu jung."

„Aber du weißt schon, was es bedeutet, wegen Mordes verurteilt zu werden? Lebenslänglich im Gefängnis bleiben zu müssen, ohne Hoffnung auf Bewährung je wieder frei zu kommen?"

Lars schluckte.

„Und nun wurde dein Lehrer vergiftet. Wusstest du, dass Herr Röhninger der Bruder der Staatsanwältin ist, die dafür verantwortlich war, dass dein Onkel verurteilt wurde?"

Lars schüttelte den Kopf. „Nein, das wusste ich nicht."

„Das wusstest du nicht?", wiederholte Kommissar Schrütz. „Hast du deinem Lehrer zum Geburtstag etwas geschenkt? Schokolade oder etwas ähnliches?"

„Nein, ich habe ihm nichts geschenkt. Die anderen taten es, aber ich hatte es vergessen."

„Du hast ihm also nichts geschenkt, bist du dir sicher?"

Lars antwortete: „Ich bin mir sicher. Ich habe ihm nichts mitgebracht."

„Waren dein Vater oder deine Mutter kürzlich in Bruchsal?"

Lars dachte nach.

„Antworte mir! Waren sie in Bruchsal? Haben sie je etwas Auffälliges gesagt oder getan, das im Zusammenhang mit deinem Onkel, der Staatsanwältin oder deinem Lehrer stand?"

Lars schüttelte den Kopf. „Ich weiß nichts von Bruchsal. Warum überhaupt Bruchsal? Und nein, wir haben nicht über meinen Lehrer gesprochen."

„Und über die Staatsanwältin?"

Lars blickte ängstlich drein. „Ja, über die schon."

„Was genau wurde gesprochen?"

„Dass sie schuld daran ist, dass mein Onkel im Gefängnis sitzt. Irgendwann hat mein Vater auch mal gesagt: `Geschieht ihr Recht!´ oder so etwas ähnliches."

Kommissar Schrütz' Augen blitzten. „Du kommst jetzt mit uns. Wir werden zu dir nach Hause fahren und mit deinen Eltern sprechen. Sind sie zu Hause?"

Lars nickte. „Aber meine Sachen?"

„Die holen wir zusammen aus deinem Klassenzimmer."

Hauptkommissar Wolta lief mit Lars zum Klassenzimmer. Seine Mitschüler schauten ungläubig drein, während er seine Schulsachen zusammenpackte. Manche tuschelten miteinander. Auch Frau Ritscher wagte nichts weiter zu sagen als ein kleinlautes: „Bis bald, pass auf dich auf!"

Kommissar Schrütz sprach unterdessen mit dem Rektor der Schule und bat, Lars Homsel für diesen Vormittag vom Unterricht zu befreien.

Nachdem sie die Schule verlassen hatten, schilderte ihnen Lars den Weg zu sich nach Hause. Dort angekommen öffnete er die Wohnungstür mit seinem Schlüssel. Es roch stark nach Rauch. Die Kommissare blieben vor der Tür stehen, während Lars nach seinen Eltern rief. Frau Homsel kam zur Tür geschlichen. Es war ihr anzusehen, dass sie bereits unter Alkoholeinfluss stand. Als sie die Kommissare sah riss sie die Augen auf und schrie: „Vincent, komm schnell, die Bullen sind da!"

Sofort stürmte Herr Homsel zur Tür: „Verschwinden Sie! Wir haben mit Ihnen nichts zu schaffen!"

„Wir möchten gerne ein paar Worte mit Ihnen wechseln, dürfen wir hineinkommen?"

„Nein, das dürfen Sie nicht! Wir haben bereits alles gesagt. Mit dem Mord an dieser Staatsanwältin haben wir nichts zu tun!"

„Es geht um Herrn Röhninger, Lars' Deutschlehrer", hakte Kommissar Schrütz nach.

„Was ist mit ihm?"

„Aber Papa, er wurde vergiftet, das habe ich dir doch erzählt!", mischte sich Lars ein.

„Du bist ganz still und sagst kein Wort!", wies ihn Herr Homsel zurecht.

„Ist es nicht ein unglaublicher Zufall", meinte Kommissar Schrütz provokant, „dass zuerst die

Staatsanwältin ermordet und anschließend ein Giftanschlag auf ihren Bruder verübt wurde?"

„Was wollen Sie damit andeuten?"

„Ich meine, vielleicht wollten Sie sich rächen an der Staatsanwältin? Vielleicht war das aber nicht genug und Ihr Ärger war so stark, dass auch der Bruder sterben sollte? Ihr Sohn könnte das Gift …"

Mit einem Knall schlug Herr Homsel den Kommissaren die Tür vor der Nase zu. Kommissar Schrütz schaute seinen Kollegen lächelnd an. Die Reaktion war vielsagend, fand er. Hauptkommissar Wolta atmete tief ein. Ein Lächeln kam ihm nicht über die Lippen.

7

Zurück im Polizeirevier-West klingelte das Telefon. Kommissar Schrütz nahm ab. „Ja? Am Apparat … richtig, wir sind noch dran … was haben Sie gefunden? … Ja, in jedem Fall interessant. Wir werden kommen … in 10 Minuten sind wir da." Er legte auf und blickte Hauptkommissar Wolta nachdenklich an.

„Das war einer der Kollegen, die an dem Raubmord an dem afrikanischen Flüchtling dran sind. Er hat einen

Durchsuchungsbefehl erwirken können und die Wohnung des Anführers der Reichsengel, eines gewissen Hartmut Brass, auf den Kopf gestellt. Was glauben Sie, was er gefunden hat?"

Hauptkommissar Wolta schüttelte fragend den Kopf.

„Er fand eine Fotografie von Aurelia Röhninger mitsamt ihren persönlichen Daten. Was sagen Sie jetzt?"

Hauptkommissar Wolta pustete Luft aus seinen Lippen.

„Offenbar stecken die alle unter einer Decke. Die rechtsextremen Täter und die befreundeten Reichsengel. Eine Hand wäscht die andere. So schaut es aus. Wir sollen nun zu dem Kollegen Mann hinüberkommen. Er hat Herrn Brass da."

Sogleich machten sie sich auf den Weg zu ihrem Kollegen ins angrenzende Gebäude. Dort angekommen wurden sie zu dem Verhör hinzugezogen.

„Herr Brass, wo waren Sie an dem besagten Montagabend, als Frau Röhninger erschlagen wurde?", fragte Kollege Mann.

„Ich verweigere jede Aussage", antwortete der Anführer der Reichsengel kühl.

„Wieso hatten Sie eine Fotografie von Frau Röhninger bei sich zu Hause? Und was wollten Sie mit ihren persönlichen Daten?"

Er reagierte nicht.

„Antworten Sie! Warum hatten Sie Frau Röhningers Daten bei sich zu Hause? Wurden Sie dazu angestiftet Frau Röhninger zu erschlagen?"

Herr Brass verzog keine Miene.

„Reden Sie! Wurden Sie angestiftet?!", donnerte Kommissar Mann. „Natürlich wollten Sie Frau Röhninger auflauern, sonst macht die ganze Sache keinen Sinn! Rechtfertigt Ihre Loyalität Ihren Freunden gegenüber, den Mord an einer rechtschaffenden Frau?"

Herr Brass schaute ihm in die Augen: „Sie haben nichts gegen mich in der Hand."

„Sie wären nicht der Erste, den ich zu Fall bringe und ich verspreche Ihnen, ich werde Sie auseinandernehmen, bis nichts mehr von Ihnen übrigbleibt!"

„Ich sage nichts. Sie können mich nicht auf Verdacht hier festhalten. Und da Sie keine Beweise gegen mich haben, außer der Fotografie, die absolut nichts besagt, werden Sie mich irgendwann gehen lassen müssen." Er grinste leicht überheblich.

Kommissar Mann machte eine Pause. Dann versuchte er es erneut auf eine andere Art: „Ok, angenommen Sie sind tatsächlich unschuldig. Wenn Sie uns helfen, den wahren Täter zu finden oder uns seinen Namen nennen können, dann vergessen wir die ganze Geschichte und Sie können gehen. Jetzt sofort."

Herr Brass blickte ihm hasserfüllt in die Augen: „Lieber würde ich Rasierklingen schlucken, als Ihnen zu helfen."

Kommissar Mann kam ganz dicht an ihn heran: „Ich werde es herausfinden", sagte er betont langsam. „Und ich werde dafür sorgen, dass der Mord aufgeklärt wird. Euch muss man ein für alle Mal das Handwerk legen!" Er öffnete die Tür, winkte zwei Kollegen zu sich heran und wies sie an, Herrn Brass abzuführen: „Fort mit ihm! Er bleibt vorerst in Untersuchungshaft."

Herr Brass wurde hinausgeleitet. Kommissar Mann schloss die Tür. Unzufrieden über den Verlauf des Verhörs setzten sich die drei Kommissare zusammen.

„Es wird schwierig werden zu beweisen, dass Herr Brass oder irgendein anderer der Reichsengel den Mord verübt hat", begann Kommissar Mann. „Die halten zusammen. Das ist, wie wenn man in sumpfigem Gebiet unterwegs ist. Mit jedem Schritt sinkt man tiefer ein, bis man bis zum Hals in der Scheiße steckt und nicht mehr rauskommt. Ich habe auf den ganzen Dreck keine Lust mehr!"

„Wurde denn bereits herausgefunden, wer den afrikanischen Flüchtling ermordet hat?", fragte Kommissar Schrütz.

Kommissar Mann schüttelte den Kopf. „Fehlanzeige. Der Fall wurde an den nächsten Staatsanwalt weitergegeben und der hat bisher auch nichts Neues herausgefunden, was wir nicht längst schon wüssten."

Kommissar Schrütz schaute Hauptkommissar Wolta hilfesuchend an. Die Spuren, die sie bis jetzt verfolgt hatten, waren alle vielversprechend gewesen, verliefen jedoch nach und nach im Sand. Herr Homsel hatte ein stichhaltiges Motiv, ebenso die Reichsengel, aber beweisen konnten sie es ihnen bis jetzt noch nicht.

Hauptkommissar Wolta bemerkte Kommissar Schrütz´ Zweifel. Er klopfte ihm auf die Schulter und meinte, dass sie es für heute dabei belassen würden. Morgen sei ein neuer Tag, der möglicherweise neue Erkenntnisse bringen würde. Kommissar Schrütz nickte. Sie standen auf und verließen das Büro.

Hauptkommissar Wolta saß mit seiner Frau am Frühstückstisch. Wie immer war er bereits angezogen und sie noch im Morgenmantel. Aber anders als sonst machte er einen bedrückten Eindruck. Die Freude an seinem Beruf war ihm abhandengekommen. Er bereute die Entscheidung, den Fall angenommen zu haben. Lieber wäre er jetzt in seinem Garten und würde die Stille und den Frieden genießen. Natürlich war es wichtig, den jungen Kollegen zu helfen und sie zu unterstützen, doch Kommissar Schrütz schien sehr verbissen zu sein. Offenbar hatte er eine Idee, an der er unbedingt festhalten wollte, die sie aber vermutlich nicht weiterbringen würde. Nach seinem Dafürhalten war alles noch viel zu undurchsichtig und verstrickt, als dass man jetzt schon Schlüsse ziehen könnte.

Seine Frau nahm seine Hand und sprach ihm gut zu. Sie erinnerte ihn daran, dass er bis jetzt noch jeden Fall gelöst hatte. Diesen würde er bestimmt auch durchdringen können, wenn er besonnen und klug handeln würde. „Dein junger Kollege hat Glück, so einen erfahrenen Kommissar wie dich an der Seite zu haben. Du, der du so feinfühlig und sensibel bist und stets richtig in deinen Annahmen liegst." Sie strich ihm liebevoll über die Wange.

Er lächelte sie an. Vielleicht hatte sie recht und sein jetziges Empfinden war nur ein vorübergehendes Gefühl. Vielleicht würde seine Antriebskraft wiederkommen, wenn Licht in die Sache dringen und er klarer sehen würde. „Ich danke dir", flüsterte er. Dann nahm er die Zeitung und schlug sie auf. Sie wendete sich einem Buch zu. So saßen sie sich in stiller Eintracht gegenüber. Gerade als sie ihm den zweiten Kaffee einschenken wollte, schien er etwas Interessantes zu lesen.

„Was ist?", fragte sie.

„Das kann nicht wahr sein", schüttelte er den Kopf. Dann erklärte er: „In der Zeitung steht ein Bericht über ein neuartiges Schlankheitsgetränk. Die Drogeriemarktkette `Plupper´ will es ab April auf den Markt bringen." Er las eine Passage vor: „… Der Trunk mit seiner einzigartigen Zusammensetzung greift nicht in den körpereigenen Stoffwechselhaushalt ein und hat praktisch keine unerwünschten oder gar gefährlichen Nebenwirkungen …" Er blickte auf. „Ich muss sofort nach Bruchsal fahren und meinen jungen Kollegen anrufen." Hektisch stand er vom Frühstückstisch auf. Seine Frau lächelte. Sie war froh darüber, dass sein Pflichtbewusstsein stärker war, als seine aufkommenden Zweifel. Sie reichte ihm seine Tasche und wenig später saß er in seinem Auto. Während der Fahrt informierte er seinen Kollegen von dem Bericht. Dieser wollte sich ebenso umgehend auf den Weg zu Herta Röhninger machen.

Etwa eine halbe Stunde später trafen sich beide vor dem Anwesen. Sie liefen den Schotterweg entlang zur Tür. Nachdem sie den Klingelknopf betätigt hatten, öffnete Maria. Diese war sichtlich aufgeregt.

„Könnten wir bitte mit Frau Röhninger sprechen?", fragte Hauptkommissar Wolta.

„Ich weiß es nicht, sie ist sehr aufgebracht."

„Ja, das verstehen wir. Dennoch, wir müssen mit ihr sprechen."

„Maria!", hörte man eine Stimme. „Wer ist es?"

„Die beiden Herren von der Polizei", antwortete Maria.

„Führe sie zu mir!"

Maria ging voran ins Wohnzimmer. Sie nickte anschließend und ließ die drei alleine.

Herta schien sehr erregt zu sein. Sie lief ziellos im Zimmer umher. „Wie konnten sie uns das antun?!", stieß sie aus. „Diese Schweine! Uns die Formel zu stehlen und als Ihre Entdeckung auszugeben! `Plupper´, das ist kein Drogeriemarkt, sondern ein Haufen Krimineller!"

„Sie sprechen von dem Schlankheitstrunk …", warf Hauptkommissar Wolta ein.

„Ganz richtig. Sie werden ihn vermarkten. Unser Produkt! Das Patent haben sie bereits angemeldet. Ich habe natürlich sofort mit deren Geschäftsleitung telefoniert. Aber die wollen von nichts wissen! Sie hätten ein Labor mit der Forschung beauftragt, dass ihnen kürzlich das fertige Ergebnis präsentiert hat. Dass ich nicht lache! Miese Bande! Und uns geht nicht nur ein Millionengewinn verloren, die satte Investition in die Forschung ist ebenfalls dahin. Und wissen Sie, wer daran schuld ist? Ich bin es. Ich hatte die Unterlagen bei mir deponiert und nicht in der Firma. Es ist allein meine Schuld!" Sie blieb stehen und wankte. „Ich muss sofort in die Firma und mit Bertram sprechen!" Sie rief Maria zu sich. Arnold solle sich bereit machen und sie nach Karlsruhe zum Hauptsitz der Firma fahren. „Sehr wohl", sagte diese und verschwand. „Der schlimmste Fall ist nun eingetreten. Ich bin nicht mehr Herr meiner Sinne. Maximilian ist gestorben. Aurelia ist tot, Wilhelm vergiftet und ich habe mich nicht mehr unter Kontrolle. Ich verliere den Überblick." Entschlossen fuhr sie fort: „Ich werde mich aus der Firma zurückziehen und Bertram die alleinige Führung übergeben. Vielleicht hatte er Recht und ich bin mit 82 Jahren nicht mehr im Stande dazu."

Die Kommissare konnten nichts dazu sagen. Sie sahen eine gebeugte alte Frau, die gerade mit der harten Realität konfrontiert wurde.

Arnold trat ins Wohnzimmer. „Der Wagen steht bereit." Dieser war ein junger, ordentlich gekleideter Mann. Einzig die glänzende Goldkette, die unter seinem Hemd hervorlugte und der auffallend große Ring an seiner linken Hand, störte für Hauptkommissar Woltas Dafürhalten den konservativen Gesamteindruck. Herta folgte ihm in die Einfahrt, in der ein großer Mercedes parkte. Sie stiegen ein und fuhren davon. Die Kommissare blieben mit Maria zurück.

„Netter junger Mann", bemerkte Hauptkommissar Wolta.

Maria senkte den Blick.

„Mögen Sie ihn?"

„Nicht wirklich. Wir haben nicht viel gemein."

„Inwiefern?"

„Wir habe unterschiedliche Werte. Entschuldigen Sie mich. Ich muss jetzt mit meiner Arbeit fortfahren." Sie ließ die Kommissare stehen und verschwand im Haus.

Es war früh am Abend. Bertram kam nicht zur Ruhe. Die Aufregung um das Patent und den Drogeriemarkt `Plupper´ hatte ihn aus dem Konzept gebracht. Einzig das Angebot seiner Mutter, die ihm mit sofortiger

Wirkung die Firma überlassen wollte, schien beruhigend auf ihn zu wirken. Die Firma hatte viel verloren am heutigen Tag. Aber er, er hatte etwas gewonnen. Darüber war er sich bewusst.

Wie so oft am Abend wollte er eine Runde um den Knielinger See joggen. Danach würde er wieder klar denken und die nächsten Schritte planen können. Er zog sich um und fuhr mit seinem Wagen in Richtung Knielingen. Er parkte unter einer Brücke und lief los. Der Himmel war klar. Die kalte Luft tat weh, wenn er tief atmete. So zog er sein Schaltuch über den Mund. Seine Gedanken kreisten um die Firma und um das, was er alles verändern wollte, sobald er der alleinige Inhaber war. Dann dachte er an seine Mutter, die endlich zur Einsicht gekommen war. Bald würde er reich sein. Sehr reich! Die Firma würde er nun zu Mutters Lebzeiten überschrieben bekommen. Wenn sie irgendwann sterben würde, dann würde er noch mehr bekommen, denn es gab auch reichlich Barvermögen. Und da seine Schwester tot war, müssten sie das Geld nur noch durch Drei teilen. Er malte sich aus, wie er und Gabriele in einer großen Villa lebten. Er träumte von Kreuzfahrten und einer eigenen Yacht.

Da bemerkte er wie jemand hinter ihm herlief. Er drehte sich um. Eine dunkle Gestalt joggte hinter ihm. Träumend schaute er wieder nach vorne. Dann, ruckartig, spürte er einen stechenden Schmerz im Rücken. Er taumelte und fiel zu Boden.

Gegen 22 Uhr kam Gabriele aus ihrem Kochkurs ʼVegan lebenʼ nach Hause. Sie hatten heute ein asiatisches Gericht mit Ingwer, Nüssen und Spinat zubereitet, das herrlich geschmeckt hatte. Einen Rest hatte sie Bertram zum Probieren mitgenommen. Sie legte ihre Tasche und die Plastikdose mit dem Essen in der Küche ab. Dann ging sie ins Arbeitszimmer, um ihren Mann zu begrüßen. Zu ihrer Überraschung war er nicht da. Sie entdeckte einen kleinen Zettel, der auf dem Schreibtisch lag, auf dem stand: „Bin joggen." Auch Felicia war nicht zu Hause, sondern über Nacht bei einer Freundin. Gut gelaunt legte sie den Zettel zurück, ging in die Küche, schenkte sich ein Glas Rotwein ein und setzte sich anschließend mit einem Buch auf die Couch. Ihr Mann würde bestimmt bald kommen, dachte sie. Die Zeit verrann. In regelmäßigen Abständen schaute sie auf die Uhr. Als er nach 23 Uhr immer noch nicht zurück war, wurde sie etwas unruhig. Sie entschloss sich, ihn anzurufen. Vielleicht war er umgeknickt und brauchte ihre Hilfe? Er ging jedoch nicht an sein Handy. Gabriele starrte einen Moment lang vor sich hin. Das war sehr untypisch, auch die Tatsache, dass er so spät noch unterwegs war. Sie entschied noch eine halbe Stunde abzuwarten, dann würde sie jemanden anrufen und um Rat bitten. Aber wen, fragte sie sich. Die einzige Person, mit der sie reden und die um diese Zeit ein offenes Ohr für sie haben würde, wäre vielleicht Bruno oder seine Freundin Victoria. Enge Freunde hatten sie keine. Und ihre Bekannten würden sie nicht verstehen. Also blieb nur die Familie, an die sie sich wenden konnte.

Um 24 Uhr wählte sie schließlich Brunos Nummer. Sie atmete schwer, denn sie hatte ein beklommenes Gefühl. „Hallo Victoria, entschuldige bitte die späte Störung. Ist Bruno da? … Nein? Oh, dann weiß ich auch nicht … Bertram ist nicht vom Joggen heimgekommen. Das ist sehr untypisch für ihn. Er hat sich nicht gemeldet und sein Handy nimmt er nicht ab. Ich bin mir ganz unsicher, was ich machen soll …Bitte komm zu mir, ich kann jetzt nicht allein sein. Ich brauche jemanden, der mit mir wartet. Ich habe eine schreckliche Vorahnung, dass ihm auch etwas zugestoßen sein könnte!" Ihre Stimme brach ab. „Ja? … Eben gerade? … Nein, nein, ich will ihn jetzt nicht sprechen. Sag du ihm, was passiert ist. Bitte kommt doch beide zu mir … Das ist lieb von euch. Bitte sag ihm vielen Dank von mir… bis gleich."

Sie legte auf. Wieder starrte sie vor sich hin. Wie apathisch stand sie mit dem Telefon in der Hand da und rührte sich nicht. Etwa 30 Minuten später öffnete sie die Tür und ließ Bruno und Victoria herein. Von Bertram hatte sie immer noch nichts gehört. Sie fing hysterisch an zu weinen: „Ich weiß nicht, was aus mir werden soll, wenn er einmal nicht mehr ist! Ich weiß nicht, ob ihr mich versteht? Ich kann nichts und bin nichts! Ich weiß nicht, wie ich das alleine schaffen soll mit Felicia. Ich bin doch finanziell von ihm abhängig."

„Jetzt beruhige dich erst einmal", tröstete sie Bruno. „Vielleicht hat er einfach nur jemanden getroffen und trinkt noch irgendwo ein Bier."

Aber Gabriele konnte nicht ablassen von der Idee, dass Bertram nicht mehr wiederkommen würde. „Wir haben damals einen Ehevertrag gemacht. Ich habe praktisch nichts, außer einer kleinen Lebensversicherung. Wo soll ich denn nur hin?" Tiefe Verzweiflung stieg in ihr hoch.

Victoria sah Bruno verstört an und gab ihm zu verstehen, dass er in die Küche gehen und einen starken Kaffee zubereiten solle. Dann müssten sie überlegen, wie sie weiterverfahren sollten.

Als die beiden Frauen alleine waren sagte Victoria zu Gabriele: „Es ist nie gut, sich von einem Mann abhängig zu machen. Man sollte immer auf eigenen Beinen stehen. Glaube mir, es ist besser so. Man weiß nie, was kommt. Auch die besten Beziehungen können einmal auseinandergehen." Sie schluckte.

„Aber was sagst du da? Victoria, ist denn bei euch alles in Ordnung?"

Victoria drehte sich in Richtung Küche um. Dann sagte sie leise und bitter: „Ich weiß es nicht. Ich denke nicht. Bruno ist in der letzten Zeit sehr häufig weg gewesen. Wir streiten immer öfter und reden oft aneinander vorbei. Ich befürchte …"

„Ja?"

Victoria winkte ab. „Ach nichts. Lass uns jetzt nicht darüber reden."

„Bitte Victoria, das ist wichtig. Was befürchtest du?"

„Dass er ein Verhältnis hat. Es muss so sein. Wenn wir alleine sind, passiert praktisch nichts. Wir schweigen uns an. Er hat sich in den letzten Wochen so verändert. Es ist für mich so schwierig zu akzeptieren, dass unsere Zeit vielleicht jetzt schon vorbei ist."

„Aber nicht doch, Victoria. Das muss es nicht bedeuten." Doch Victoria rann eine Träne die Wange hinunter. Gabriele nahm Victoria spontan in den Arm. So nah wie in diesem Moment waren sie sich noch nie gewesen.

Bruno kam mit dem Kaffee: „Wir sollten die Polizei verständigen. Die beiden Kommissare müssen sich um Bertrams Verschwinden kümmern."

„Ja, du hast Recht!", bekräftigte Victoria Brunos Vorschlag, während sie die Tränen wegwischte. Sie sah das Telefon auf dem Tisch liegen und reichte es Gabriele. Diese wählte die Nummer der Polizei. Sie erklärte der Beamtin am anderen Ende der Leitung, dass ihr Mann heute Abend verschwunden sei. Mit der Bitte, Hauptkommissar Wolta und Kommissar Schrütz zu informieren, legte sie auf. „Die Polizei wird wohl gleich kommen", sagte sie mit schwacher Stimme.

Die drei saßen sich stumm gegenüber. Gabriele weinte still vor sich hin und Victoria traute sich nicht Bruno anzusehen. Sie zupfte nervös an einem Taschentuch. Bruno starrte in Gedanken vor sich hin.

Dann, nach zwanzig langen Minuten klingelte es an der Tür. Zwei Polizisten kamen herein und baten Gabriele um Auskunft. Diese berichtete vom Fortbleiben ihres Mannes, was angesichts der vorangegangenen familiären Tragödie besorgniserregend war. Die Polizisten leiteten eine Suchaktion rund um den Knielinger See ein. Die beiden gewünschten Kommissare wären ebenso verständigt worden und auf dem Weg hierher. „Bitte bleiben Sie ruhig und unternehmen Sie nichts auf eigene Faust", bat der eine Polizist. „Wenn Ihr Mann wiederkommt, rufen Sie uns umgehend an. Hier ist meine Nummer." Er reichte ihr seine Visitenkarte. „Wir fahren jetzt zum Knielinger See und melden uns, wenn wir etwas Auffälliges entdeckt haben." Daraufhin verließen sie das Haus. Gerade als die Polizisten wegfuhren, bogen die beiden Kommissare in die Einfahrt ein. Hauptkommissar Wolta und Kommissar Schrütz stiegen aus. „Sie sagen, Ihr Mann ist verschwunden?", eröffnete Hauptkommissar Wolta das Gespräch. Gabriele bat beide hinein und erzählte den Hergang des Abends. „Und Sie waren bei einem Kochkurs?", fragte der Hauptkommissar. „Wann gingen sie fort und wann kamen Sie wieder zurück?"

Gabriele antwortete: „Der Kurs dauerte von sieben bis halb zehn. Um zehn Uhr war ich wieder zu Hause."

„Und um sieben Uhr war Ihr Mann noch da? Und er sagte nichts von einer Verabredung oder dergleichen?"

Gabriele schüttelte den Kopf.

Hauptkommissar Wolta schaute zu Bruno hinüber: „Wo waren Sie heute Abend?"

„Ein alter Bekannter hat angerufen und mich spontan zum Essen eingeladen. Wir waren ab halb sieben bis etwa halb zehn Uhr im Restaurant `Zum grünen Vogel´. Danach tranken wir noch ein Bier in einer Kneipe bis ungefähr Mitternacht, würde ich schätzen. Wir hatten uns jahrelang nicht gesehen. Es war sehr schön."

„Und Sie?", wendete er sich an Victoria.

„Ich war im Studio und habe gearbeitet. Aber ich fürchte, das kann keiner bezeugen."

Hauptkommissar Wolta nickte. Dass Bertram Röhninger ohne Grund weggeblieben war und seiner Frau nichts gesagt hatte, schloss er aus. Dafür war er nicht der Typ. Auch passte es nicht in die Geschehnisse der letzten Wochen. Die Befürchtung, dass ihm auch etwas Gewaltsames zugestoßen sein könnte, erhärtete sich. Nun hieß es abwarten, bis sich die Kollegen meldeten.

Eine Dreiviertelstunde später klingelte Hauptkommissar Woltas Handy. Alle schauten sich erschrocken an. Dieser nahm ab. Jemand sprach und er hörte ernst zu. „Ja, ich werde es weitergeben. Vielen Dank."

Er legte auf und schaute Gabriele an: „Man hat am Knielinger See soeben eine Männerleiche gefunden, die rücklings erstochen wurde. Es liegt nahe, dass es Ihr Mann sein könnte. Laut der Beschreibung vermute ich, wird er es sein. Der Arzt und die Spurensicherung sind bereits dort eingetroffen und haben ihre Arbeit aufgenommen." Gabriele fiel weinend in sich zusammen.

„Haben Sie jemanden, der sich um Sie kümmern kann? Jemand, bei dem Sie die nächste Zeit bleiben können?", fragte Hauptkommissar Wolta besorgt.

Gabriele schaute Bruno an. Dieser wich jedoch ihrem Blick aus. Auch Victoria zeigte deutlich durch eine abwehrende Geste, dass sie dafür nicht zur Verfügung stand. Die einzige Person, zu der sie gehen könnte, wäre Herta, meinte Gabriele. Dort gab es auch Maria und Arnold und sie wäre nicht alleine.

„Bitte sagt Felicia noch nichts. Sie ist bei einer Freundin und soll in Ruhe ohne Trauer die Nacht verbringen dürfen. Morgen werde ich mit ihr sprechen."

Hauptkommissar Wolta und Kommissar Schrütz waren einverstanden. Sie boten an, Gabriele zu Herta zu fahren. Bruno und Victoria durften jetzt auch wieder nach Hause fahren. Gabriele packte eine Reisetasche mit den nötigsten Dingen, dann verließen die fünf das Haus.

8

Es war halb vier Uhr morgens, als die Kommissare mit Gabriele in Bruchsal eintrafen. Nachdem sie die Türglocke betätigt hatten, dauerte es eine Weile, bis Arnold, der Chauffeur, die Haustür öffnete. Hinter ihm stand Maria, die neugierig über seine Schulter blickte. Sofort baten sie die Kommissare und Gabriele hinein. Gabriele hatte rot unterlaufene Augen. Sie bat Maria, zuerst Herta zu wecken und ihr anschließend ein Zimmer herzurichten. Bertram sei etwas Grausames zugestoßen und sie wolle eine Weile bei ihnen wohnen. Sie werde morgen Felicia auch zu sich holen.

Maria nickte und lief schnellen Schrittes ins obere Stockwerk. Arnold bot Gabriele einen Platz an. Auf die Frage, ob sie ein Glas Wasser wolle, antwortete sie: „Lieber einen Whisky, bitte."

Hauptkommissar Wolta fragte Arnold, während dieser den Whisky einschenkte: „Können Sie uns sagen, wo sie heute Abend waren, zwischen sieben und zehn Uhr?"

Arnold schaute überrascht auf. Dann antwortete er: „Ich war hier im Haus. Frau Röhninger und Maria können das bezeugen. Ich habe die Garage aufgeräumt und das Auto poliert."

In dem Moment kamen Maria und Herta im Morgenmantel zu ihnen hinuntergelaufen. „Was ist geschehen?", fragte Herta aufgebracht.

„Ach Herta", jammerte Gabriele, „Bertram ist tot. Er ist beim Joggen erstochen worden!" Sie streckte Herta ihre Arme entgegen.

„Wir vermuten, dass es sich dabei um Ihren Sohn handeln könnte", warf Hauptkommissar Wolta ein. „Der Tote ist noch nicht identifiziert worden."

„Tot", wiederholte Herta. Ihr Blick wurde leer. „Aber das kann nicht wahr sein… Sie müssen sich täuschen! Warum sollte jemand Bertram …" Sie brach ab und wankte. Maria stützte sie und setzte sie auf einen Stuhl. Leise fuhr sie fort: „Meine ganze Familie ist nicht mehr … meine beiden Kinder … tot … und Wilhelm vergiftet. Wer sollte uns auslöschen wollen? Jemand muss uns zutiefst hassen! Wer ist zu so viel Grausamkeit im Stande?" Sie schaute die beiden Kommissare verzweifelt an. Diese blickten zu Boden. Sie wussten bis jetzt keine Antwort darauf.

Gabriele bat Herta bei ihr wohnen zu dürfen. Felicia würde sie morgen nachholen. Alleine könnte sie nicht in dem großen Haus wohnen bleiben. Und Herta hätte ja Maria und Arnold zur Hilfe, sodass sie ihr gar nicht zur Last fallen würden. Natürlich willigte Herta ein. Auch wenn Arnold gekündigt hatte und sie zukünftig nur noch Maria als Hilfe dahätten.

„Sie haben gekündigt?", fragte Hauptkommissar Wolta bei Arnold nach.

„Ja, gestern", bestätigte Arnold. „Ich will mich verändern. Vielleicht noch einmal zur Schule gehen und etwas aus mir machen."

Hauptkommissar Wolta nahm diese Absicht interessiert zur Kenntnis.

Maria, die sehr um das Wohl von Herta bemüht war, schlug vor, trotz der niederschmetternden Nachricht jetzt ins Bett zu gehen und sich auszuruhen. Herta jedoch war viel zu erschüttert, um Ruhe finden zu können. An Schlaf war überhaupt nicht zu denken! Auch Gabriele war nicht im Stande dazu, alleine aufs Zimmer zu gehen. Viel zu verzweifelt und mitgenommen fühlten sie sich. Maria seufzte. Sie entschied, Tee zuzubereiten. Es würde eine lange Nacht werden, in der kein Auge zugetan werden würde.

Arnold fühlte sich irgendwie fehl am Platz. Er gehörte nicht zur Familie. Und er empfand nicht mehr als eine oberflächliche und höfliche Anteilnahme. Er verabschiedete sich und ging zu Bett. Auch die beiden Kommissare verließen die Trauernden mit dem Versprechen, morgen wiederzukommen.

Vor der Tür stehend sagte Hauptkommissar Wolta zu seinem jungen Kollegen: „Der Mord an Bertram wirft ein ganz neues Licht auf den Fall, wie ich finde. Wir müssen das, was wir bis jetzt annahmen nochmal intensiv überdenken. Die drei Gewalttaten müssen in irgendeiner Weise zusammenhängen. Nur wie, das müssen wir noch herausfinden."

Kommissar Schrütz bestätigte dessen Gedankengang. Morgen würden sie versuchen umzudenken, einen neuen Ansatz zu finden.

Ratlos saßen sich die beiden Kommissare am nächsten Morgen gegenüber. Der Tote wurde in der Zwischenzeit tatsächlich als Bertram Röhninger identifiziert. Die Theorie des Mords aus Rache schien nicht haltbar zu sein. Herr Homsel hatte zwar ein Motiv an dem Mord an Aurelia, warum sollte er jedoch Wilhelm vergiftet und Bertram erstochen haben? Das machte wenig Sinn. Ebenso schien die Gruppe der Reichsengel zwar bekannt für ihre Gewalttaten zu sein, aber einen Mordkomplott in diesem Ausmaß auszuführen, wäre nicht realistisch. Jedenfalls nicht aus Rache wegen des Flüchtlingsmords und der drohenden Verurteilung des Mörders. Sie hatten auch keine Beweise, nichts Greifbares für die beiden Fährten.

Kommissar Schrütz stand auf. Er schüttelte den Kopf. Die Frage nach dem `Warum´ sollte richtungsweisend sein, um den Mörder zu finden. Das musste der richtige Denkansatz sein! Also fragte er laut: „Warum wurden die Taten ausgeführt?"

„Wenn es nicht aus Rache geschah, dann müssen sie irgendwem einen Nutzen bringen", antwortete Hauptkommissar Wolta gerade heraus. Dieser überlegte einen Moment und stieg in Kommissar Schrütz´ Gedankengang mit ein: „Fragen wir uns also: Wer profitiert davon, wenn die drei Röhninger-Kinder sterben?"

Kommissar Schrütz schaute plötzlich auf. „Na, derjenige, der übrig bleibt!"

Hauptkommissar Wolta legte nachdenklich den Kopf zur Seite.

„Wenn es um das Geld geht, meine ich", sprach Kommissar Schrütz weiter. Plötzlich rief er begeistert aus und schlug dabei auf die Tischplatte: „Das ist es! Das muss es sein! Sehen Sie, wenn eines Tages die Mutter stirbt, dann wird der übrig gebliebene Sohn die Firma und das ganze Vermögen allein erben. Er muss es nicht mehr teilen. Das ist ganz logisch!" In einem besonneneren Ton fuhr er fort: „Er hat zumindest ein Motiv, würde ich sagen: Das Motiv der Habgier."

„Das ist richtig. Aber ein Alibi hat er auch, jedenfalls für den Mord an Bertram."

„Das stimmt allerdings."

Kommissar Schrütz' aufkommende Begeisterung erlosch sogleich wieder. Wieder war es so, dass derjenige, der ein stichhaltiges Motiv besaß, ein Alibi hatte und diejenigen, die die Möglichkeit gehabt hatten, die Gewalttaten zu verüben, kein eindeutiges Motiv aufwiesen.

Kommissar Schrütz trommelte mit den Fingern auf den Tisch. Es musste doch eine Möglichkeit geben, wie die

Tatsachen zusammenpassen. Da hatte er erneut eine Idee: „Wenn es sich nicht um einen Täter, sondern um zwei Täter handelte, dann wäre es möglich gewesen, dass ..." Er brach ab und starrte in die Luft. Leise flüsterte er etwas vor sich hin. Hauptkommissar Wolta beobachtete ihn, wie er gestisch seine Gedanken unterstrich. Dann, nach einer Pause des Nachdenkens, schaute er Hauptkommissar Wolta siegessicher an: „Wenn ich Recht habe und ich werde es beweisen, dann haben wir unsere Mörder, hundertprozentig und mit stichhaltigem Motiv obendrein! Ich weiß auch schon, wie ich es anstellen werde." Er stand auf. „Ich muss ins Standesamt gehen und mich auf die Suche nach einem bestimmten Dokument begeben. Am Nachmittag werde ich vielleicht schon wieder hier sein. Dann erkläre ich Ihnen alles." Er verließ dynamischen Schrittes das Zimmer.

Hauptkommissar Wolta blieb etwas verwirrt zurück. „Zwei Täter", murmelte er vor sich hin. „Vielleicht hat er Recht mit seiner Annahme?" Da fiel ihm ein Detail ein. Ein kleines Detail, das er aufgeschnappt hatte und dem es wert war nachzugehen. Er fuhr den Computer hoch und googelte nach etwas. Dann notierte er sich verschiedene Telefonnummern, die er nacheinander anrief. Bei einer hatte er Glück.

Herta und Gabriele waren die ganze Nacht aufgeblieben. Sie redeten viel, schwiegen und weinten. Noch nie waren sie sich gegenüber so ehrlich und zugewandt gewesen, wie in dieser Nacht. Der Verlust und der Schmerz brachte sie unweigerlich einander näher. Sie sprachen viel über die Familie, das Gewesene und über die unsichere Zukunft, die nun vor ihnen lag.

Maria hatte das Frühstück zubereitet, doch essen konnten sie nichts. Sie tranken den Kaffee und erinnerten sich an die Vergangenheit, in der Bertram und Aurelia noch lebten und die Familie vielleicht nicht immer glücklich, aber intakt war. Natürlich hatte es auch gelegentlich Streit gegeben, aber im Grunde wussten alle, wo ihr Platz war. Und sie hatten eine Zukunft vor sich gehabt, in der es Raum für Entwicklung und persönliche Entfaltung gab. Jetzt schien alles vorbei zu sein. Herta war sich im Klaren darüber: Sie musste in naher Zukunft eine Entscheidung treffen und die übrig gebliebenen Familienmitglieder stärken und ihnen eine sichere Zukunft bereiten. Sie dachte dabei nicht nur an ihre Kinder Bruno und Wilhelm, sondern auch an Gabriele und Victoria. Egal was noch geschehen sollte, diese Vier sollten abgesichert sein.

Herta glaubte sich zu erinnern, dass Wilhelm heute aus dem Krankenhaus entlassen werden würde. Sie wollte ihn umgehend zu sich bestellen. Auch Bruno und

Victoria mussten kommen. Sie hatte etwas zu verkünden und alle sollten dabei sein. Gabriele versprach, Wilhelm und Bruno anzurufen und sie einzubestellen. Nachdem Herta vom Frühstückstisch aufgestanden war, gab sie Maria, die in der Nähe wartete, ein Zeichen. Diese kam und räumte den Tisch ab. Herta schaute sie liebevoll an. Auch sie würde sie nicht vergessen und bei ihren Vorkehrungen bedenken.

Arnold klopfte an und trat ins Zimmer. Er fragte Herta wie jeden Morgen, welche Arbeiten noch zu tun seien. Herta fiel spontan nichts ein, außer dass sie sich wünschte, dass er am Nachmittag ebenso zugegen sein sollte, wenn die Familie zusammenkam. Ihm wollte sie aus Dankbarkeit für seine Loyalität eine gewisse Geldsumme übergeben. „Machen Sie sich einen freien Tag", sagte Herta. „Aber seien Sie pünktlich um 15 Uhr hier bei uns."

Er bedankte sich und verließ den Raum. Nachdem Gabriele die Anrufe getätigt hatte und Herta mitteilte, dass alle kommen würden, setzte sich Herta in ihren Sessel und atmete tief ein. Es war nun alles vorbereitet. Gabriele zog sich auf ihr Zimmer zurück und Ruhe kehrte ein.

Es war Wilhelm, der gegen 15 Uhr als Erster auftauchte. Er fiel seiner Mutter sofort um den Hals. Herta fing an zu weinen. Sie hielt ihn fest im Arm. Ihr Sohn war mit dem Leben davongekommen. Sie war dankbar und strich ihm liebevoll über die Wangen.

„Wie geht es dir?", fragte sie.

„Es geht, ich habe Glück gehabt und keine bleibenden Schäden davongetragen. Trotzdem wollten sie mich bis heute dabehalten, bis ich wieder vollkommen hergestellt war. Ich weiß nicht, was ich sagen soll. Es sind in den letzten Wochen furchtbare Dinge geschehen!"

Herta nickte stumm und traurig. Dann bot sie ihm einen Platz neben Gabriele an. Maria würde gleich Kaffee und Kuchen servieren.

Es klingelte und Bruno und Victoria kamen herein. Unsicher begrüßten sie Wilhelm und Herta. Auch sie setzten sich zu Wilhelm und Gabriele auf die Couch.

Nachdem sich auch Arnold pünktlich zu ihnen gesellte und Maria den Tisch gedeckt hatte, bat Herta alle um einen Moment der Aufmerksamkeit.

„Meine Lieben, es sind schreckliche und unfassbare Dinge geschehen. Unsere Familie ist gewaltsam auseinandergerissen worden. Ich weiß nicht, warum diese Dinge geschahen und ich habe Angst davor, was noch alles geschehen wird. Jemand will uns offenbar als Familie auslöschen. Ich weiß nicht, wem wir dermaßen Schlimmes angetan haben, das solche Taten rechtfertigt. Ich frage mich die ganze Zeit warum und finde keine Antwort." Sie stockte kurz. Dann sprach sie mit leiser Stimme weiter: „Ich fühle mich schwach und nicht im Stande unser Familienunternehmen allein weiterzuführen. Da Bertram nicht mehr ist und ich mit 82 Jahren viel zu alt bin, möchte ich nun euch, meine Kinder, fragen, ob Ihr die Führung der Firma übernehmen wollt." Bruno und Wilhelm sahen sich an.

„Ich weiß nicht, was ich sagen soll, Mutter", meinte Bruno. „Ich kann es mir nicht vorstellen, ein Unternehmen zu leiten. Ich habe von alledem keine Ahnung und bin alles andere als ein Managertyp." Auch Wilhelm stimmte ein: „Ich auch nicht. Ich weiß doch gar nicht, wie das geht."

Herta nickte verständnisvoll: „Ja, das habe ich mir gedacht. Ich wollte euch jedenfalls nicht übergehen. Nicht, dass Ihr das Gefühl habt, ich würde euch in meinen Gedanken nicht berücksichtigen. Dann bleibt nur mehr der Verkauf. Schweren Herzens werde ich unser Lebenswerk verkaufen müssen."

„Aber Mutter, gibt es nicht auch die Möglichkeit, einen externen Geschäftsführer einzukaufen, bevor wir die Firma ganz aufgeben?"

„Sicher gibt es die. Aber dennoch muss jemand aus der Familie ein Auge darauf haben und letztendlich doch als letzte Instanz die Verantwortung tragen. Ich kann es nicht und wenn ihr es auch nicht wollt, dann ist es entschieden."

Wilhelm und Bruno sagte nichts. Sie fühlten sich nicht kompetent genug dafür.

„Gut, dann werde ich in den kommenden Monaten alles in die Wege leiten und das Drogerieunternehmen ´Röhninger´ verkaufen."

Stille machte sich breit. Dies war ein denkwürdiger Moment.

„Dann habe ich noch etwas Weiteres zu verkünden. Ich werde mein Testament ändern." Erschrocken sahen ihre beiden Söhne auf. „Nach einem langen und intimen Gespräch mit Gabriele, habe ich mich dazu entschieden, allen, die hier im Raum versammelt sind, einschließlich Maria und Arnold, so viel Vermögen zu hinterlassen, dass sie keine Zukunftsängste mehr zu haben brauchen."

Gabriele lächelte. Sie war Herta unendlich dankbar. Auch Victoria war sichtlich erfreut über Hertas Entscheidung.

„Ihr seid meine Familie und wir müssen zusammenhalten", beendete sie ihre kleine Rede. Dann verwies sie auf den Kaffee und den Kuchen, den Maria angerichtet hatte. Die Kinder standen auf und bedienten sich. Während des Kaffeetrinkens wurde wenig gesprochen.

Dann klingelte es an der Tür. Herta schaute erstaunt auf Maria, die sich gleich auf den Weg machte, um zu öffnen. Wenige Augenblicke später kam sie mit Hauptkommissar Wolta herein. Dieser nahm wohlwollend zur Kenntnis, dass die gesamte Familie versammelt war. „Entschuldigen Sie bitte die Störung", sagte dieser. „Gleich wird noch Kommissar Schrütz zu uns stoßen. Er müsste jeden Moment hier eintreffen. Gemeinsam möchten wir mit Ihnen über die vergangenen Wochen sprechen."

Herta schaute ihn ängstlich an. War noch etwas Schlimmes geschehen?

„Nein, es hat sich nichts weiter ereignet und es wird auch nichts mehr geschehen. Ich gebe Ihnen mein Wort darauf."

Ungläubig über Hauptkommissar Woltas Zuversicht, bot sie ihm eine Tasse Kaffee und ein Stück Kuchen an. Der Kommissar lehnte dankend ab.

Wie erwartet, klingelte es ein weiteres Mal. Maria führte Kommissar Schrütz in das Wohnzimmer. Dieser begrüßte die Gesellschaft und Hauptkommissar Wolta.

„Waren Sie erfolgreich?", fragte Hauptkommissar Wolta seinen Kollegen, während er ihn zur Seite nahm.

„Oh, ja", flüsterte dieser, „sehr."

„Bitte, dann sprechen Sie mit der Familie." Hauptkommissar Wolta machte eine auffordernde Geste.

„Möchten Sie nicht zuerst das Wort ergreifen?"

„Aber nein, es ist Ihr Fall. Ich lasse Ihnen den Vortritt."

Kommissar Schrütz räusperte sich. Dann begann er zu sprechen: „Sehr verehrte Frau Röhninger. Es sind in den vergangenen Wochen drei Gewalttaten verübt worden. Ich werde nun versuchen, Licht in die Angelegenheit zu bringen, und Ihnen die Zusammenhänge, die ich herausgefunden habe, erklären."

Dann wandte er sich an alle: „Zunächst wurde Aurelia Röhninger erschlagen. Wir vermuteten, dass dies geschah, weil sie als Staatsanwältin tätig war und täglich mit Mordfällen zu tun hatte. Denn durch Bruno erfuhren wir, dass es eine Familie gab, die wegen eines Urteils sehr wütend auf sie war. Wir nahmen die Ermittlungen in diese Richtung auf und stellten die besagte Familie namens Homsel zur Rede. Doch außer einem Motiv konnten wir keine Beweise finden, die unseren Verdacht verstärkt hätten. Dann zeigte sich, dass es überdies noch eine Gruppe rechtsextremer Männer gab, die ebenso ein Motiv für den Mord gehabt haben könnten. Einer der Männer besaß sogar eine Fotografie von Aurelia zu Hause, die wir bei der Durchsuchung seiner Wohnung gefunden hatten. Ich nehme an, dass dieser Mann Aurelia einen Denkzettel verpassen wollte. Vielleicht wollte er einen Überfall begehen oder dergleichen. Aber Mord? Nein, dafür gab es ebenso keine stichhaltigen Beweise.

Dann wurde Wilhelm vergiftet. Er sollte sterben, doch mit viel Glück überlebt er den Anschlag. Wieder tauchte der Name Homsel auf. Diesmal war es der Sohn, der ein Schüler von Wilhelm war. Er hätte die vergifteten Pralinen in die Schule bringen können. Das Motiv wäre Rache gewesen. Aber würde die Familie Homsel gleich zwei Menschen töten wollen? Einen vielleicht, aber zwei? Ich glaube eher nicht. Nach reiflicher Überlegung stellte sich auch diese Spur letztlich als falsch heraus.

Die beiden Gewalttaten mussten zusammenhängen, aber wie? Bis dahin fanden wir keine Verbindung. Nichts, was auf einen bestimmten Mörder oder auf ein Motiv hingewiesen hätte.

Nun wurde Bertram erstochen. Ein weiterer Mord. Auch dieser musste in einer Verbindung zu den anderen Taten stehen. Da kam mir eine Idee. Es gab nur einen Menschen, der von den drei Gewaltverbrechen wesentlich profitieren würde, wenn es um Geld als Tatmotiv ginge. Nur einer würde im Falle des natürlichen Todes von Herta Röhninger das gesamte Familienvermögen erben. Und hieraus ergab sich für mich das entscheidende Motiv: Habgier. Es musste der übrig gebliebene Sohn sein. Nur er konnte letztlich der gesuchte Mörder sein." Er blickte Bruno eindringlich an. Seine Augen blitzten.

Herta blickte ungläubig drein, während Bruno erschrocken aufstand. „Ich? Nein, was sagen Sie da?", stieß Bruno aus.

„So musste es sein! Das war die logische Konsequenz. Würden Ihre drei Geschwister sterben, wären Sie eines Tages reich. Als Schauspieler hatten sie bis jetzt nur mäßigen Erfolg. Sie waren finanziell abhängig von ihren Eltern. Sie wollten auch im Wohlstand leben und auf der Sonnenseite des Lebens stehen."

„Geld und Reichtum sind mir scheißegal!", schrie er. „So glaubt mir doch!"

Doch die anderen schauten ihn mit aufgerissenen Augen an. Kommissar Schrütz fuhr fort: „Sie waren es, der nach der Verhandlung mit angehört hatte, wie die Familie Homsel ihre Drohung ausgesprochen hatte. Sie dachten sich vielleicht, Sie hätten in Herrn Homsel einen Dummen gefunden, der den Kopf für Sie hinhalten würde. Das war der Startschuss für alle drei Gewalttaten. Sie erschlugen Aurelia in der Tiefgarage. Ein Alibi für die Tatzeit hatten Sie nicht. Sie waren allein zu Hause und lernten Text, sagten Sie uns."

„Aber das ist wahr! Ich habe sie nicht erschlagen!"

Victoria rückte von ihm ab.

„Dann haben Sie die Pralinen vergiftet und diese im Briefzentrum Bruchsal als Päckchen verschickt. Sie wussten aus Wilhelms Erzählungen vielleicht, dass er viele Präsente zu seinem Geburtstag bekommen würde. Es war Glück, dass der Sohn der Familie Homsel ein Schüler von Wilhelm war. So waren Sie wieder aus der Schusslinie geraten und die Ermittlungen kreisten nicht um Sie oder die Familie."

„Bitte, ihr müsst mir glauben. Ich habe niemanden ermordet!", flehte Bruno die Familie an. Herta wollte ihrem Sohn so gerne glauben, doch da war der Bericht des Kommissars, der das Gegenteil behauptete.

„Dann wurde Bertram erstochen. Ich gebe zu, das gab mir zu denken. Sie konnten nicht der Mörder sein, denn Sie waren zur Tatzeit mit einem Bekannten im Restaurant `Zum Grünen Vogel´. Aber der Gedanke ließ mir keine Ruhe, bis es mir wie Schuppen von den Augen fiel. Sie mussten einen Komplizen gehabt haben. Oder eine Komplizin. Doch wer sollte das sein? Da fiel mir eine Begebenheit ein: Maria war in der letzten Zeit des Öfteren alleine in der Stadt unterwegs. Einmal kam sie mit einem Strauß roter Rosen nach Hause. Wir fanden ein Blütenblatt in der Halle auf dem Boden. Wer sonst sollte ihr rote Rosen schenken, wenn nicht ein Liebhaber? Dann erinnerte ich mich, wie mir Hauptkommissar Wolta erzählte, dass Sie sich in Ihrer Beziehung zu Victoria viel Freiraum erlaubten. Wäre es denkbar, dass Sie und Maria ein Verhältnis hatten?"

Maria ließ ihre Kaffeetasse fallen.

„Ich wusste es", hauchte Victoria während sie aufstand. „Ich wusste es, dass du ein Verhältnis hast! Ich war mir nicht sicher, aber so, wie du dich in der letzten Zeit verändert hast … musste es so sein." Sie lief zum Fenster hinüber auf die andere Seite des Zimmers.

„Ich denke, Maria und Sie sind ein Liebespaar", sprach Kommissar Schrütz unbeirrt weiter. „Maria hat schließlich den Mord an Bertram begangen. So waren Sie fein raus. Niemand verdächtigte sie, denn niemand wusste von Ihrer Verbindung."

„Aber wieso sollte ich so etwas tun?", fragte Maria entsetzt.

„Weil Sie selbst allen Grund hatten, der Familie zu schaden!"

„Ich?"

„Sehen Sie", er wandte sich jetzt wieder an die Familie. „Maria Naulam ist nicht die Person, die wir zu kennen glauben." Dann kam er dicht an Maria heran. „Sie waren verheiratet mit einem Christian Naulam. Stimmt das?"

Maria nickte.

„Die Ehe wurde kurz darauf wieder geschieden. Aber Sie haben seinen Namen `Naulam´ behalten. Ist das korrekt?"

Wieder nickte Maria.

Er öffnete seine Herren-Umhängetasche und zog ein Papier heraus. „Nun, ich habe hier eine Kopie Ihrer Heiratsurkunde. Darauf ist auch Ihr Mädchenname zu lesen: Maria Naulam, geborene Rittam." Er hielt das Dokument in die Luft.

Herta öffnete den Mund. Sie konnte nicht glauben, was der Kommissar herausgefunden hatte.

„Der Name Rittam ist allen hier im Raum wohlbekannt. Maria ist die Tochter von Rüdiger Rittam, der einst von Maximilian Röhninger aus der Firma gedrängt wurde. Während die Familie Röhninger mit ihrer Drogeriemarktkette unglaublich erfolgreich war, verarmte die Familie Rittam zusehends. Maria hoffte nun, durch die Beziehung zu Bruno und die Morde den

Reichtum, von dem sie glaubte, dass er ihr zustünde, zu erlangen. Noch dazu war sie es auch, die das Patent an die Konkurrenzfirma verkaufte. Mit diesem Schachzug hatte sie sich schon zu Frau Röhningers Lebzeiten ein Stück Vermögen gesichert."

„Das ist nicht wahr!" flehte Maria. „Bitte, Frau Röhninger, glauben Sie mir, das ist nicht wahr!"

Dann ging Bruno zu Maria hinüber und nahm ihre Hand: „Es ist wahr, dass wir uns lieben." Er küsste ihre Hand. „Tut mir leid, Victoria, dass du es so erfahren musstest. Ich habe vor, Maria zu heiraten. Und es ist wahr, dass sie die Tochter von Rüdiger Rittam ist. Aber es ist verdammt nochmal nicht wahr, dass wir die Morde und den Anschlag verübt haben!"

„Ich bin mir sicher, irgendwo bei Ihnen werden wir auch das Gift finden. Ich verhafte Sie beide in dringendem Tatverdacht, Aurelia Röhninger und Bertram Röhninger getötet sowie Wilhelm Röhninger vergiftet zu haben. Bitte begleiten Sie mich hinaus. Vor der Tür warten unsere Kollegen, diese werden Sie ins Revier begleiten. Ich danke Ihnen für die Aufmerksamkeit." Dann nickte er Frau Röhninger zu, die mit ihren Tränen kämpfte: „Es tut mir aufrichtig leid."

Gerade als Kommissar Schrütz Bruno und Maria den Weg hinausweisen wollte, meldete sich

Hauptkommissar Wolta, der sich bis zu diesem Zeitpunkt zurückgehalten hatte, zu Wort. „Entschuldigen Sie, Kommissar Schrütz, dass ich mich einmische. Aber ich glaube, Sie machen einen folgenschweren Fehler."

Alle schauten Hauptkommissar Wolta konsterniert an.

„Ich denke, Sie haben den Falschen verhaftet. Bruno ist meiner Meinung nach nicht der Mörder. Auch Maria nicht, die zweifelsohne die Tochter von Rüdiger Rittam ist. Mit den Morden hat sie jedoch nichts zu tun."

Kommissar Schrütz traute seinen Ohren kaum. Wie konnte ihn der Hauptkommissar vor versammelter Mannschaft so bloßstellen. Mit gereiztem Ton fragte er: „Den Falschen, sagen Sie? Aber wer ist es Ihrer Meinung nach?"

Hauptkommissar Wolta bat zunächst alle wieder Platz zu nehmen. „Der Mörder ist derjenige mit dem wasserdichtesten Alibi."

Kommissar Schrütz schaute ungläubig in die Runde. „Sie meinen …"

„Richtig, ich meine Wilhelm Röhninger." Ein Moment der Stille entstand. Alle waren angespannt und wagten nichts zu sagen. Sie schauten zu Wilhelm, der mit offenem Mund dasaß. „Wilhelm muss es sein. Während des ersten Mords war er bei seiner Mutter Rommé spielen, als der zweite Mord begangen wurde, lag er im Krankenhaus. Und die Vergiftung? Ja, es war überaus riskant für ihn, sich selbst zu vergiften, da er durchaus hätte sterben können, wenn er nicht sofort gerettet worden wäre. Aber es war immens wichtig, dass der Giftanschlag so echt und so gefährlich wie möglich aussah. Er stellte es so klug an, sich selbst das Päckchen zu schicken, nur zwei Pralinen zu essen und dafür zu sorgen, dass er nicht alleine war. Wenn wir mit seinem Arzt sprechen werden, werden wir sicher hören, dass es seine eigene Idee war, so lange im Krankenhaus zu bleiben. `Nur um wieder zu Kräften zu kommen´, heißt es vielleicht offiziell. Ich denke jedoch, er wollte so lange aus der Schusslinie sein, bis der zweite Mord verübt worden war."

„Aber er konnte die Morde ja nicht selbst begangen haben", warf Kommissar Schrütz kritisch ein.

„Richtig, auch er hatte eine Person, die ihm half und die Arbeit für ihn erledigte. Diese Person hatte praktisch kein Motiv für die Morde, da sie nicht zur Familie gehört." Er blickte nun Victoria direkt an. „Sie ist es. Sie hat die Morde für ihn begangen." Er erklärte: „Mit ihr hatten wir nicht gerechnet, da sie nicht verheiratet und als Freundin von Bruno nicht erbberechtig war. Zeitlich konnte sie die Morde begangen haben. Sie hatte kein

Alibi vorzuweisen, als Aurelia erschlagen wurde, da sie vorgab im Tanzstudio an einer Choreografie zu arbeiten. Auch als Bertram erstochen wurde, war sie angeblich allein im Studio. Sie ist darüber hinaus sportlich, durchtrainiert und stark genug, um eine schwere Eisenstange zu schwingen und Bertram beim Joggen aufzulauern."

„Ich bringe dich um!", schrie Gabriele. „Ich habe dir vertraut!" Sie sprang zu Victoria ans Fenster und schlug auf sie ein. Victoria packte sie und warf sie zu Boden. Wilhelm kam Victoria zu Hilfe und stellte sich zwischen Gabriele und sie. Bruno und Maria standen mit Kommissar Schrütz an der Wohnzimmertür. Herta war ganz durcheinander. Sie konnte das Gesagte nicht fassen.

„Aber wie passt das alles zusammen?", fragte Kommissar Schrütz.

Hauptkommissar Wolta schaute Wilhelm und Victoria an, die nun gemeinsam am Fenster standen: „Wilhelm und Victoria sind seit Jahren ein heimliches Liebespaar. Sie haben lange an dem Plan gearbeitet. Und als sich die Gelegenheit bot, schlugen sie zu. Bruno erzählte Victoria zu Hause von Familie Homsels Reaktion nach der Urteilsverkündung. Für Victoria war klar, dieser sollte zuerst der Schuldige sein. Sie schritten vom Plan zur Tat. Dann folgten die Vergiftung und der Mord an

Bertram. Wie perfide war es, den unschuldigen Bruno als Mörder hinzustellen. Die Polizei musste ja denken, dass er es war. Und wenn ihn die Polizei auf Grund der Indizien überführt hätte, dann wären Wilhelm und Victoria fein raus gewesen. Bruno wäre im Gefängnis, Herta Röhninger hätte ihn wahrscheinlich aufgrund der Taten testamentarisch enterbt und Wilhelm wäre somit nach ihrem Tod der Alleinerbe gewesen. Ich bin sicher, dass bei Bruno zu Hause irgendwo das Gift versteckt ist. Vielleicht liegt sogar ein Plan dabei, in dem der Ablauf beschrieben wurde? Victoria wird bestimmt derlei Indizien vorbereitet haben, um ganz sicher zu gehen. Irgendwann, würden Wilhelm und Victoria an einem anderen Ort als Paar im Wohlstand zusammenleben. So der Plan."

„Gibt es denn irgendeinen Beweis für Ihre Geschichte?", wollte Wilhelm wissen. „Mir klingt das alles ein bisschen abgehoben."

„Aber sicher gibt es den. Sie erzählten mir unvorsichtigerweise von einem Schuljahr, an dem sie an einer deutschen Schule in London gearbeitet hatten. Als ich bei Victoria zu Hause war, erzählte sie mir, dass sie ein Jahr im Ballettensemble des Royal Opera House Covent Garden engagiert war. Sie waren offenbar zur selben Zeit in London. Ich telefonierte heute früh mit Scotland Yard und bat meine englischen Kollegen für mich auf die Suche nach einem gewissen Steve Gibbs zu gehen. Steve Gibbs war ein Kollege und näherer Bekannter von Ihnen. Sie werden sich bestimmt an ihn erinnern. Der Rektor der deutschen Schule in London nannte mir seinen Namen. Nun, wie die englischen Kollegen herausgefunden haben, hatten Sie damals laut Steve Gibbs eine feste Partnerin, die Victoria hieß und als Balletttänzerin arbeitete. Ich denke, eine Verwechslung ist da kaum möglich und eine Gegenüberstellung würde meinen Verdacht bestimmt bestätigen." Er lächelte Wilhelm und Victoria an.

„Was den Diebstahl der Patentunterlagen betrifft, so habe ich jemand ganz anderes im Sinn. Ich denke, dass es Arnold, der Chauffeur war, der die Gelegenheit nutzte, Frau Röhninger zu beobachten, wie sie den Safe öffnete, um dann schließlich selbst die Unterlagen herauszunehmen." Arnold, der die ganze Zeit dagesessen und sich alles angehört hatte, stand unwillkürlich auf. Er blickte zur Tür, die allerdings durch Kommissar Schrütz, Bruno und Maria verstellt war. „Ist es nicht ein Zufall", fuhr Hauptkommissar Wolta fort, „dass er gerade in diesem Moment kündigt und etwas aus sich und seinem Leben machen will? Auffällig finde ich auch den Ring und die Goldkette an seinem Hals. Echter Schmuck in dieser Größe ist sehr teuer. Ich kann mir nicht vorstellen, dass man als einfacher Chauffeur so viel verdient."

„Das ist doch nur unechter Modeschmuck!", erwiderte Arnold.

„Das denke ich nicht. Ich kann sehr wohl echten Schmuck von Imitaten unterscheiden. Wie viel hat Ihnen der Verkauf eingebracht?"

Arnold sagte nichts darauf. Er blickte sich im Raum um. Blitzartig und mit einem großen Satz versuchte er durch die Tür zu entkommen. Doch Bruno hielt ihn geistesgegenwärtig fest. Kommissar Schrütz eilte ihm sofort zu Hilfe und packte ihn, sodass er sich nicht rühren konnte. „Lasst mich, ihr miesen Schweine!", rief er mit angestrengter Stimme.

„Aha", nickte Hauptkommissar Wolta zufrieden. „Führen Sie ihn ab!"

Kommissar Schrütz übergab den laut fluchenden Arnold den Kollegen, die vor der Tür warteten.

Victoria, die sich alles stumm angehört hatte, trat an Hauptkommissar Wolta heran: „Richtig, Herr Hauptkommissar, wir sind ein Paar, das haben Sie gut herausbekommen. Aber einen Beweis für die Morde, die ich verübt haben soll, haben Sie nicht!"

„Das sehe ich anders. Wissen Sie, wir haben Haare am Tatort in der Tiefgarage gefunden. Diese gehörten nicht Aurelia Röhninger. Ich denke eine Analyse wird herausbringen, dass die DNA mit Ihren Haaren übereinstimmt."

Victoria zögerte einen Augenblick. Sie verstand und schaute betrübt zu Wilhelm hinüber. Beide fassten sich an den Händen. „Es hätte klappen können, mein Liebling!", flüsterte er. „Ich liebe dich so sehr! Fast wäre unser Plan aufgegangen."

„Sie penetranter Schnüffler!", zischte Victoria in Richtung Hauptkommissar Wolta. „Alles war wunderbar ausgedacht! Wir waren praktisch auf der sicheren Seite! Diese Familie! Ich mochte sie nie. Alles reiche, verdorbene und weltfremde Menschen. Es tut mir nicht leid um sie. Und Bruno, du warst nur ein Zwischenspiel und im Grunde uninteressant für mich. Ein Träumer, ein Nichtsnutz und zweitklassiger Schauspieler. Wilhelm war der Einzige in der Familie, der es zu etwas bringen hätte können. Er hat Stil und Visionen von einer besseren Welt! Niemand von euch kann ihm das Wasser reichen! Niemand! Ich liebe dich, mein Engel."

„Ich liebe dich auch." Wilhelm küsste Victoria.

Herta begann zu weinen. Sie konnte nicht fassen, was durch die Kommissare ans Licht gekommen war. „Wie konntest du mir das antun?", fragte sie Wilhelm.

Dieser schaute sie nicht an und meinte zu Hauptkommissar Wolta: „Wir sind bereit." Hauptkommissar Wolta gab ein Zeichen. Kommissar Schrütz holte die Kollegen herein. Diese legten Wilhelm und Victoria Handschellen an. Anschließend verließen sie den Raum, ohne sich nochmals umzudrehen. Dann ging Kommissar Schrütz auf Hauptkommissar Wolta zu und fragte: „Ist es wahr, dass wir eine Haarprobe besitzen?"

„Nein", sagte Hauptkommissar Wolta. „Reine Intuition. Aber so erhielten wir praktisch ein Geständnis vor Zeugen. Und somit ist der Fall erfolgreich gelöst. Es tut mir sehr leid, dass ich Ihnen widersprochen habe. Ich wollte Sie nicht bloßstellen."

„Ist schon in Ordnung", gab Kommissar Schrütz kleinlaut bei. Er lächelte gezwungen, dann verließ er den Raum.

9

Nachdem Kommissar Schrütz dafür gesorgt hatte, dass Arnold, Wilhelm und Victoria eingestiegen waren und ins Revier gefahren wurden, kam er ins Haus zurück zu den Übriggebliebenen. Herta dankte gerade

Hauptkommissar Wolta für die Aufklärung der Gewaltverbrechen und das Aufzeigen der Zusammenhänge. Wie niederschmetternd war es gewesen, dass ihr eigener Sohn keine Skrupel hatte, die Morde an seinen Geschwistern zu planen. Und wie kaltherzig musste Victoria sein, dass sie zu solchen Taten fähig war. Herta hatte sich in ihnen geirrt und gerade das machte sie wütend und ohnmächtig. Wilhelm war schon als Kind stets angepasst und zurückhaltend gewesen und versuchte es allen recht zu machen, dachte Herta. Er hörte oft von ihr und den anderen Vorwürfe wie: `Mach mal was aus deinem Leben´ oder `Wag mal etwas, du Langweiler´. Vielleicht war es genau diese unterdrückte Energie, der nicht gelebte Impuls, der aus ihm das machte, was er letztendlich war: Ein ichbezogener, gewissenloser Mann, ohne jegliches Rechtsbewusstsein, der irgendwann ausbrach und sich tatsächlich das nahm, was er wollte. Sie schaute traurig und desillusioniert vor sich hin. „Hätte man es irgendwie verhindern können?", fragte sie Hauptkommissar Wolta. Dieser schüttelte den Kopf: „Vielleicht gab es Vorzeichen, aber ich denke nicht, so traurig das auch klingen mag. Victoria ist eine Frau, die nach ihrer aktiven Karriere wenig Ziele hatte und als Tanzlehrerin ein Leben lebte, das nicht dem entsprach, was sie sich vorgestellt hatte. Sie wollte auch zu den Reichen und Schönen gehören. Aus eigenem Antrieb hätte sie solch ein Leben aber nicht finanzieren können. „Und Sie", damit sprach er Bruno an, „hatten kein Interesse an Reichtum und Statussymbolen."

„Das ist richtig. Mir sind solche Dinge vollkommen fremd."

„Sie war praktisch gefangen in ihrem Leben und wollte ausbrechen. Mit Wilhelm an ihrer Seite, der so viel aufgestaute Energie in sich trug, war es ein Leichtes, Pläne zu schmieden."

Herta nickte. Sie musste letztendlich die Wahrheit akzeptieren, wie schrecklich sie auch war. Ein leises Lächeln huschte über ihr Gesicht, als sie Maria und Bruno nebeneinanderstehen sah. „Ich freue mich für euch."

„Es tut mir so leid, Frau Röhninger", sagte Maria. „Ich hätte mich gleich als die Tochter meines Vaters zu erkennen geben müssen. Ich wollte Ihnen nie etwas Böses, das müssen Sie mir glauben! Ich hoffte aber, eine kleine Zuwendung zu erhalten, wenn ich mich nur gut um Sie kümmern würde. Das ist alles. Als ich dann Bruno das erste Mal sah und wir uns später nähergekommen sind, war ich so glücklich. Ich hoffte, dass ich einmal zu Ihrer Familie gehören würde."

„Das wirst du, Maria. Und ich wünsche euch beiden alles Glück der Welt!"

Hauptkommissar Wolta und Kommissar Schrütz verabschiedeten sich von der Familie Röhninger. Sie verließen das Haus und fuhren nach Karlsruhe zurück ins Revier.

Dort angekommen stiegen beide aus. Hauptkommissar Wolta bedankte sich bei seinem jungen Kollegen für die gemeinsame Arbeit an dem Fall. Er würde bestimmt eine erfolgreiche Karriere haben und viele Verbrechen aufklären können. „Seien Sie stets aufrichtig zu sich selbst, gewissenhaft und loyal der Gerechtigkeit gegenüber, dann werden Sie viel Erfolg haben."

Kommissar Schrütz bedankte sich bei ihm. Er lächelte. „Ich werde mein Bestes geben!"

„Das weiß ich. Und nun haben Sie noch viel zu tun! Sie müssen die Akte Röhninger abschließen, Protokolle anfertigen und Ihren ersten eigenen Fall als gelöst Ihrem Vorgesetzten Herrn Schmied vorlegen."

„Aber es ist doch unser gemeinsamer Fall gewesen, den Sie gelöst haben?", fragte erstaunt Kommissar Schrütz.

„Es war und ist Ihrer." Er zwinkerte Kommissar Schrütz zu. „Und nun, leben Sie wohl." Lächelnd verabschiedete er sich, drehte sich um und stieg in sein Auto ein.

Als Hauptkommissar Wolta das letzte Mal in seiner Dienstzeit nach Hause fuhr, war er sehr zufrieden. Er war ein guter Kommissar gewesen, dachte er. Doch nun war es genug. Er freute sich auf seine Frau, seine Kinder und vor allem auf die Ruhe in seinem Garten.

Weitere Bücher von Günther Tabery:

Der Mord an Lili W.

Dunkles Arztgeheimnis

Sowie die Reihe mit Martin Fennberg als Detektiv:

Band 1:   Ave Maria für eine Leiche

Band 2:   Stumme Gier

Band 3:   Doppelte Fährte

Band 4:   Dramatischer Tod

Band 5:   Faules Ei

Band 6:   Tödlicher Irrglaube

Band 7:   Mörderische Drinks